三民叢刊 272

靜靜的螢河

張錯 著

三民書局印行

靜靜的螢河

目次

《哈姆萊特》第三幕

橘子熟了

一

看到一篇報導，正在中國大陸拍攝一部叫「橘子紅了」的電視片集工作人員，因為過了橘紅季節，便到市集去買了一簍一簍橘子掛在樹上，一時果實滿梢，虛實難分。方才想起山居後園，橘子掉滿一地，是的，橘子紅過了，而且熟了，一地都是，無人撿拾。

其實這是一棵不錯的橘子，有一個頗為紅豔的名稱，叫「血橙」(blood orange)。對，就和嚴歌苓鬧得滿城風雨的短篇篇名差不多，只是這棵是如假包換的橘子，沒有任何含意，沒有指控，也沒有分辯。春去秋來，它如常開花結果，在寂靜庭院一角。顏色是它的語言，從最早墨綠，到中期青黃，以至成熟時期，黃澄澄般黃金高貴，常帶一抹嫣紅嬌豔。其實，只要仔細觀看，樹上每一顆果實都有著不同顏色，就像龍生九種，種種不同，有些早熟，有些晚成。有些特別招搖，一簇簇成群結隊，果實纍纍。有些隻影孤單，掩映在綠蔭裡，別具冠蓋京華，斯人憔悴的味道，尤其當它體態日漸豐盈，孤零零掛在柔弱枝梢，拽成弧形彎度，更有一種不妥協氣質，好像要向世間宣示，我的存在是事實，要也好，不要也好，不容忽視。

冬天寫〈鹿鳴之篇〉時，橘正當紅，曾讀古詩一首，覺得古人之心，有如今人之意。遂而默誦多次，這是一首橘實滿枝的詩：

> 橘柚垂華實，乃在深山側；聞君好我甘，竊獨自雕飾。委身玉盤中，歷年冀見食。
> 芳菲不相投，青黃忽改色；人儻欲我知，因君為羽翼。

這首借物詠情的比興，藉橘柚來喻懷才不遇意旨非常明顯，有如成熟在深山橘柚的詩人，聞有主公嗜好其味，遂委身以奉，然而歲月迢遞，雖有芳香，未投君意，因而青黃改色，年華虛擲。悲哀的是，古代之遍覓明主，一如今日之尋訪知音，在漫長時光考驗裡，多屬虛無縹渺。

最令人感嘆的是，本在深山的橘柚華實，一旦誤墮塵網，委身顯貴玉盤，冀望見食。那種委屈，自非過來人不能了解。世間許多知遇，誤解多於了解，「聞君好我甘」固是一廂情願，然而「芳菲不相投」也經常是不移的事實。可是最傷心莫如一場空虛等待，一顆心空盪盪懸在秋風裡，到了冬天依然無人知悉遍體的清甜。

揀取橘柚來做隱喻，大概是屈原的傳統吧。在有名的〈橘頌〉裡，詩人讚美那棵生長在南方專心一志、難以遷徙的果樹。他描述那些橘子是「曾枝剡棘，圓果摶兮。青黃雜糅，文章爛兮。精色內白，類可任兮」。大意就是說：沉重的枝椏都是荊棘，全是豐滿渾圓果實，在熟與未熟之間，草青金黃顏色雜糅在一起，有如文采一般斑斕。它們外色華美，內涵潔白，似可寄託重任。

種過橘柚的人都會知道，因為枝梢長滿棘刺，採擷時要特別小心，一不留神，手指便被刺破流血，遂對橘樹產生的不只是戒心，還有敬意。一有敬意便會恭謹，恭謹之餘便會小心翼翼。這是橘樹性格，更是它的一份尊嚴。而果子美麗可愛，清新氣息有如君子，讓人覺得可以寄予重任。

但是橘子有如君子的性格，經常便帶來悲劇。它們的悲劇就是「受命不遷」和「更壹志兮」，那是對舊鄉依戀和對陌生環境無法遷就。這種認定，自古以來已發展為人所熟知的成語：橘生淮南為橘，生淮北為枳。也就是說，獨立不移的君子，堅貞情操如壹志的橘，無法變心隨俗，除非整個人換了。

寫到這裡，頓然有一種泫然欲泣的感覺，想起張艾嘉一首歌，鍾曉陽寫的詞，也是最愛唱的「最愛」。內裡有幾句話：

一生只愛一個人
一世只懷一種情
纖纖小手讓你握著
把它握成一段情……

可是時光迢遞，世事滄桑，最執著認定的還是下面四句：

從前忘了告訴你
最愛的是你

現在想起來
最愛的是你。

二

橘子熟了，落滿一地。有時早晨未及察看，傍晚出去，坐在噴泉旁邊，金黃橘子疏疏落落圍繞在腳前，有一種慵懶，不欲撿拾，人橘相對無言。那又是另一種寧靜心情，好像要極力挽留著這剎那寧靜，因知它會迅速消逝，不想被打擾，不想隨意揮霍，也不想有任何改變。時間停頓，一切 status quo，那多美好。山下塵世非常遙遠，更莫遑論世間種種愛恨情仇。連一絲風過，也是一陣騷動。我全神貫注在橘子與人的主客存在，形成一種風景，令人悠然神往。採菊東籬，大概就是這心情吧。

但是看到一地橘子，有些落在泥土，有些掉在鳶尾草旁，有些落在堅硬磚塊地面，血肉迸裂，那種肌理，逼真一如刀兵下的肌膚傷口。不禁令人想起南北朝時代，那個提倡「神滅論」的范縝，當他和一個皇室貴族爭辯沒有輪迴因果這回事時，便以樹上落花繽紛設喻。他說：生命就好像是這棵樹的花朵，一陣風過，有些花瓣被吹到廳堂去，落在錦繡坐墊上，有些被吹落在廁所裡，完全是一種偶然，哪有什麼因果報應？正如生長在皇室的您，就是飄落在坐墊的花瓣。一生落泊的我，就是飄到廁所的落花。

我是有宗教信仰的人，當然不相信范縝那套形存則神存、刃沒而利亡的道理。但是我卻相信人生的偶然，儘管與因果報應無關。就像落滿一地的橘子，有些幸運掉在柔軟泥土，安然無恙，有些不幸落在堅磚上，頭破血流。至於其中細節內情，實在難以分解。每顆果子結局，是否關乎它懸掛的角度？掉落時的風向？橘子的重量、硬度，以及它落地時的接觸點？大概都有關連吧。當然，如果把上面這些全都歸納為命運，也不是沒有可能的。

這也就解釋了司馬遷寫《史記》的心情，觀諸〈伯夷列傳〉內的語氣，簡直就是挑戰「天道無親，常與善人」這兩句話。章回末一連串的問號，令人無從作答。他問：伯夷、叔齊不是善人麼，為何積仁而餓死？顏回聰穎好學，為何早夭？盜蹠日殺無辜，食人心肝，聚眾數千，橫行天下，為何竟以壽終？說到近世，那些「操行不軌，專犯忌諱」的人，其下場竟是「終身逸樂，富厚累世不絕」。那又是什麼原因呢？太史公惟有感嘆以一句「余甚惑焉」。至於人死後有沒有魂靈，這是祥林嫂的問題，魯迅也無法回答。

三

橘子熟了，因為是品種特殊的血橙，遂而對它的來源有一種探求興趣。有一次在意大利旅行，喫到同樣果子，直覺上認為產自意大利。查閱之後，發覺竟真是來自意大利的西西里島。

顧名思義，所謂血橙，就是把橘子剖開兩半，便會見到殷紅絲絲血漬在果肉內，有時是一抹嫣紅青紫橫過，有時是斑斑點血散播。如果不明內情，真以為是果子壞了或其他。美國加州數年前種有 Valencia 橘樹的一個婦女，差點報警調查以為有人下毒，因為她的橘子剖開後都帶紫紅血漬。幸好先交農林處專家檢查，結果發覺是天大喜事。引用園藝術語 (horticulture lingo) 來說，她的橘樹正經歷一次自然「突變」(sport)，重新扮演三百年前在意大利西西里島血橙的誕生。

怪不得眾人驚恐，要找血橙資料並不容易，本來以為一翻百科全書便有下文，結果出乎意料從缺。再上網找《大英百科全書》，血橙資料仍付諸闕如，只餘一些零碎果農廣告，告知果期從十二月到來年三、四月間，從紐約幾間進口批發果商如 Agata & Valentina，或 Agrim Food 都可買到正宗西西里島卡丹尼亞 (Catania Plain) 血橙。如果在美國西岸，也可買到加州出產的血橙。

橘子其色如血，那又如何？其實除了顏色先聲奪人，其肉質之鮮甜、細嫩、鬆軟大有關係。和其他橘子如德州柳橙或加州肚臍眼不同，血橙其形較嬌小、渾圓、堅挺，外皮光滑軟薄，惹人喜愛。德州柳橙雖然清甜，但肉色粗淡，纖維質厚，未若血橙那麼柔嫩可口，水分充盈，血汁濃郁，又微帶一絲酸澀，除用作水果外，最適合用作沙拉佐料，可謂色味皆全，則又非加州肚臍眼所能相比了。

寫《二十四詩品》的唐朝詩人司空圖曾拈出「詩味」一詞，把詩歌欣賞帶往另一層次，堪與意在言外、以禪喻詩的嚴羽《滄浪詩話》比美。其實味道一詞，不只是感官味蕾滋味的 taste，更應是物體本身蘊含風味的 flavor。滋味酸甜，僅為風味一部份，詩如此，橘亦如此。血橙之能夠在芸芸眾橘中異軍特出，豔壓群芳，絕非偶然。它的主要品種共分五類：摩洛 (Moro)、塔洛哥 (Tarocco)、西班牙紅血 (Spanish Sanguinelli)、華盛頓紅血

(Washington Sanguine)、紅寶石 (Ruby)。其中又以前三者最為普遍，摩洛差不多佔了加州產量的九成五，因為色素澱積 (pigmentation) 最穩定。不要小看色素澱積，其實它主宰了血橙命運。事實上，不是每一棵血橙橘樹都保證長出血橙，不穩定的色素澱積，使橘子帶血或缺血，也使果農心裡十五只吊桶，七上八落，不知收成是好是歹。摩洛穩定的紫紅色素常帶一種濃郁漿果味道，更加迷人，而果實更結聚成簇，一簇就有四、五顆橘子，容易豐收。

塔洛哥是意大利血橙優良品種，主因來自細嫩果肉及酸甜均勻，為其他品種所不及，可惜紅度不及摩洛，所以加州少產。但西班牙紅血便不同了，由於外皮光滑紅潤，血質適中，雖在加州收成較晚，要等到每年的三至五月間，超市經常有售，但被視為稀果類，與其他稀有水果另放在一起，價錢也貴於普通橘子三至五倍。加州橘子量多價賤，血橘也會貴達十倍以上。

說到紅寶石，那真令人惋惜了，這個品種加州人情有獨鍾，自一八八〇年間便自意大利移植美國。從一九一〇年到一九六〇年的半世紀，加州人便努力培植這顏色晶瑩如鮮紅寶石的血橙，可惜核多及色素不穩，終於失寵而被冷落。

四

橘子紅了，沒有刻意去追尋血橙為何血紅。即使求索，據說答案至今還是一半科學、一半奧祕。也就是說血橙繁殖至今，無人能保證橘子帶血。生化學家認為紅「花色素」(anthocyanins)會讓橘子變紅，就像花色素在玫瑰、櫻桃、漿果，或甜菜(beets)身上的作用一樣。

橘子熟了，落滿一地，也沒有刻意去撿拾，因而形塑心中一片風景，渾然天成，如此一來，落地橘子不是缺憾，而是美麗完成，從生澀到成熟，從辛酸到甜美，不也就是生命流轉的體認？時光迢遞，春盡秋來，橘猶如此，人何以堪？因此我極喜歡這一種「暫頓」(pause)，甚至不喜歡因食欲而擷摘一樹風景。浣熊仍然常來，儘管橘子酸於枇杷，牠們仍會把幾個橘子噢得乾乾淨淨，只賸下空圓外殼。一定是肉質豐盈讓牠們專挑果肉噢，這群江湖大盜，暗裡來，暗裡去，留下痕跡就是一地狼藉。然而我常對牠們有一種寬容，因常會想，子非浣熊，安知浣熊樂？也許牠們理直氣壯的覺得凡樹皆有果，有果皆可噢，這不也是人類嚮往的大同世界嗎？華苓大姐給我回信說冰天雪地裡，她仍每天餵鹿，任她後山那家人種花，恨死了鹿，但她不管，照樣餵，除了對鹿的老感情，也許還有一顆對動物寬容的心吧。

其實血橙並非以甜味取勝，相反，它更符合一般橘子風味，微帶如上等葡萄酒濃郁苦澀，再加上果子新鮮酸味，令人有在春天早晨散步林間的清新感覺。因此把它純當水果噢太可惜了，《洛杉磯時報》於一九九八年二月十八日「飲食專欄」敦請水果專家卡普(David Karp，本文對血橙認識自他的資料獲益良多) 提供一份血橙加甜菜沙拉，及醋油生菜調味料 (blood orange vinaigrette) 菜單，十分可口怡人，更能凸顯血橙風格，讀者不妨一試。

蒼鷹與詩人

每當犬隻朝著不遠半空吠叫，我就知道一定是佇留在油加利樹上的牠。那種姿態，似是憩息，又似俯視，更像君臨天下，目空一切。

即使如此遙遠，依然可以感觸到傲岸眼神，既寂寞而矜持，嚴厲中帶著公正和善良。牠似有所待，卻無所為。有時人在屋內，鷹在屋外，彼此沉默對峙良久，間歇的犬隻吠叫，更顯得無聊滋事。

屋內有數面視野遼闊的窗子，看出去是疏落油加利樹林，再過去就是重疊山巒。因為方向是西北偏西，所以也就成為觀望夕照的窗子。然而牠停歇多在清晨，身軀迎向東方朝陽，面對著狗吠，無懼中更有一種藐然。晨曦以一簇光譜灑潑在牠身上，周圍也會有霧氣圍繞，就像聖三合一的聖神鴿子，靈光乍現。油加利樹是細葉樹種，就是用手揉碎後會有薄荷香味的那種。樹身沒有藍色闊葉種粗壯，每次牠停歇在樹尖，微風過處，樹梢左右搖動，身軀也隨而擺動，令人覺得那種自信和泰然，就是有著一對會飛的翅膀。

我不知道牠什麼時候會飛、什麼時候回來、或是停留多久。其實這也不重要，遂慢慢發展成一種認知，牠的降臨與離去，也許是預設，也許是偶然，也許更是一種永恆奧祕。但是牠的存在是事實，與周圍事物時空成為一種風景，也是事實。我非常珍惜這種短暫的永恆。據說蒼鷹目光如炬，在百里高空瞄掃大地，明察秋毫，因而捕食雞兔野鼠，如探囊取物。但是牠會看見我嗎？能感知我的存在嗎？到底是牠在暗處、還是我在明處？在這世間誰又是誰的窺視者？誰的獵物？

一

因為對牠的興趣，我又涉獵了一些鷹的資料。其中一項描述是：「屬鳥類猛禽類，上嘴鉤曲，眼圓視力強……四趾皆有銳爪。性兇暴狡猾，捕食小鳥、雞、兔、野鼠等。夏季棲於深山，至秋末為逐食而來遊平野。」這是人的暴力語言，猛禽銳爪，兇暴狡猾，其實堪足為人類自我寫照。武術中即有北少林鷹爪門一派，所謂「鷹爪五十路連拳」套路，即是仿鷹之爪力，以抓打擒拿，分筋錯骨，輾轉騰挪，閃縮縱跌，有如鷹揚起伏，迅速準確，變化輕巧，陰剛猛毒。

也就是說，中國武術的許多基本動作及套數，都是模仿走獸與飛禽，譬如馬王堆出土的導引圖，還有相傳為後漢華佗發明的「五禽戲」，取虎、鹿、熊、猿、鳥五種禽獸自然動作而成。少林的「五形拳」，亦分龍、虎、豹、蛇、鶴等五路。南少林有隨著黃飛鴻以及他門下弟子林世榮發揚光大的拳套——「虎鶴雙形拳」。內家形意拳中除了基本功法的「五形拳」外，亦有「十二形拳」，包括有龍虎猴蛇、鶴燕鴿鷹……等十二種獸禽的模仿動作。

武術目的在乎強身自衛，而自衛中包括制敵護己的攻擊招數。前面述及的鷹爪門拳術，更把蒼鷹攻擊特徵，發揮得淋漓盡致。當年河北鷹爪門高手劉法孟先生於五〇年代挾技南下，在香港創鷹爪翻子門，揉合了北方攻擊性極強的兩大拳派。晚年隱居離島長洲，並著有《鷹爪一百零八擒拿術》一書面世，即是以鷹爪擒拿，制敵關節脈穴，以靜制動，用柔克剛，雍容儒雅，如若無事。追根究底，所有手法原理，皆與蒼鷹習性極為酷似。

二

杜甫有〈畫鷹〉一首，盡得蒼鷹神髓。這首詩是這樣寫的：

素練風霜起，蒼鷹畫作殊；㩳身思狡兔，側目似愁胡。絛鏇光堪摘，軒楹勢可呼；

何當擊凡鳥，毛血灑平蕪。

短短數句蘊含無限蒼鷹氣韻，雖是白練素絹的鷹畫，然而風霜寒凜，自有一股肅殺之氣。畫中之鷹，其拔萃處又何嘗不是人中之龍？㩳身欲飛的身姿，以及側目而視的神情，令人不禁想到搏攫狡兔的雄風。而每當鷹王側目，既是自豪，也是自憐，蹙眉深目曲鼻，也有如一個發愁的波斯胡人。

詩中最後兩句的豪邁，人鳥難分。無論蒼鷹、詩人、或技擊高手，合當以不凡身手，在世間斬妖除魔，有如鷹搏凡鳥，灑血荒蕪的平原。

我也曾見過牠急速俯衝而下，如流星急墮，彈丸速投。真是電光石火，剛看到展翅迴旋，牠已斂翼急落，角度是拋物線弧形，抵達地面時幾乎是一種滑翔，優美身姿隨著準確力學，那是完美降落。我不清楚牠的獵物，也許這次什麼也沒捕到，但美麗的過程，就像生命裡許多徒勞無功的努力。

有時也會想，鷹既生就一雙慧眼，則牠許多自然而然的獨來獨往，都是本能反應，或是條件反射，有如藝術家堅持的藝術良心，或是俠士路見不平的拔刀相助。在弱肉強食的社會裡，到處充斥著魯迅〈狂人日記〉裡人吃人的勾當，這種孤獨堅持，也就成為高貴，不為虛偽矯飾的俗世所納，日子久了，自帶一種側目憂鬱，有似發愁的胡人。

但在風和日麗的早晨，我也見到牠愉快翱翔，那種繞圈盤旋，永遠讓人想起葉慈的名詩〈第二度降臨〉內開首兩句：

旋轉又旋轉
蒼鷹再也聽不到馴鷹人的呼喚

只有親眼看見蒼鷹飛翔的人，才會了解為何會在旋轉中逸去的可能。一般鷹的盤旋滑翔有兩種模式，一種從外圈旋向內圈，越飛越近，另一種卻是從內圈旋向外圈，越飛越遠。逸去的鷹多屬後者，但經常也有不規則的盤旋，看看越來越接近了，卻又倏忽飄遠，好像每一種滑翔都是即興，這種道家無心，每每讓人想起《列子》裡海鷗的故事。據說一個喜歡和海鷗遊戲的海上人，每天一早在大海和海鷗嬉耍玩樂，鷗鳥飛下來數以百計尚不止。他的父親知道後便和他說：「聞道鷗鳥喜歡和你嬉玩，改天你捉幾隻來給我玩玩。」第二天他到海上時，海鷗便不飛下來了。

因此對飄泊者而言，觀看蒼鷹在天空飛翔有著另一種意義。那是肯定和期許，欣羨和希亟，期望一種沒有國界或種族的逍遙遊。

三

鷹的憂鬱眼神，詩人最是熟悉。無論圖畫或文字上的描述，詩人除了神往之餘，更是感同身受。美國女詩人韋莉 (Elinor Wylie, 1885–1928) 曾把鷹的這種神情描述為「淡泊堅忍」(stoic)。在她那首有名的〈蒼鷹與田鼠〉詩裡，詩人開宗明義地宣稱，寧為走獸，不要做牲口，寧作飛鳥，也不要做家禽。要活，就要活得有尊嚴，像岩巖上那隻「淡泊堅忍」的蒼鷹。

韋莉其實是最被忽視的女性詩人，尤其在美國現代詩史裡，多以狄瑾蓀（Emily Dickinson）祖師奶奶及其詩風為依歸。其實緊隨狄氏出現在詩壇的女性大詩人，就有韋莉及密莉（Edna St. Vincent Millay, 1892–1950）兩位。尤其後者以「一根蠟燭兩頭燃燒」的名句，為中國讀者所傳誦。至於前者韋莉，更以其敢作敢為，敢愛敢恨的個人作風，樹立先進女性典範。她背夫私奔、離婚、再婚，以及晚年死心癡戀「唯一愛人」（她曾寫就極其精采的〈唯一十四行〉詩系列（Sonnets to One Person）。

所以在〈蒼鷹與田鼠〉詩內的選擇裡，詩人當然棄鼠取鷹，她的理由是：

> 當家禽關在欄柵取暖
> 牲口朝向遮掩走避
> 牠飛越風雨
> 昂然面對旭日

但是假如你選擇聲色犬馬的日子，那麼便和田鼠沒有兩樣，鑽入地底：

並在那兒
鎮日與樹根石頭為伍
還有河水的源頭
及腐爛的骨殖

俗世滔滔，穿越風雨，向上升越的鷹隻稀少，向下沉淪、逐臭之鼠眾多。因此就像杜甫的詩歌一樣，鷹、人、和藝術經常分享著同一命運。無論是顧影自悲的愁容，或是同病相憐的孤獨矜持，那種物傷其類的感覺是無庸置疑的。杜甫更把栩栩如生的鷹畫，亂真成為搏兔之鷹，再進一步擬人成為身手不凡、而又不甘被絛繫於軒楹之間的非凡人。這也就是我為何要把愁胡當作發愁的胡人，而不願直譯為凝神焦慮的猢猻。杜甫相識胡商也不在少數，他的〈解悶十二首之二〉內便是晚年在夔州送給一個胡人前往江南的詩：

商胡離別下揚州，憶上西陵故驛樓；為問淮南米貴賤，老夫乘興欲東遊。

閒話休提，且說人鷹最相似及相互傾慕之處，不在於其軒昂俊朗外貌，而往往在於其合群而不隨俗，但又具有知識分子擇善固執、獨來獨往的高貴氣質。最讓人感嘆同情的是，蒼鷹有如世間悲劇英雄，並非所向無敵，更會經常受傷流血。假若人類最大的敵人真的是他的同類，那蒼鷹最大的敵人也是鳥類，尤其是大鴉。我曾觀看過天空的鷹鴉大戰，但見如黑袍戰士的烏鴉大鳥，碩壯身軀竟有比蒼鷹大一倍者，群相圍襲，聒噪嘈雜，江湖群毆，自是雙拳難敵四手，交手數回合，蒼鷹不支落荒而逃；令人想起美國詩人哲佛斯 (Robinson Jeffers, 1867–1962) 的一首〈負傷鷹群〉。西方有關蒼鷹的名詩，大都提到丁尼生 (Tennyson)，或葉慈（還有 Gerard Manley Hopkins 的 “Windhover”） 等人寫的，但在個人的閱讀經驗裡，卻以這首獨佔鰲頭。

哲佛斯真是最受爭議而被冷落的現代詩人，尤其他那種冷眼看世間而提倡的「非人文主義」(inhumanism)，和中國道家天地不仁，以萬物為芻狗的哲學十分相似。〈負傷鷹群〉用的雖是複數，但卻是一隻負傷的鷹與人的故事，引申出地球上的萬物芻狗。而在鷹的擬人化裡，比杜甫的〈畫鷹〉更為呼之欲出。

在這故事詩裡，負傷的鷹就像一個負傷的人：

斷柱的翅膀自凝血肩膀上下顛簸
羽翼拖在地上如敗軍旗幟
天空永遠無可再用，數日來
苟存在饑饉與痛楚裡；
野貓和黃鼠狼無法縮短待斃的一週
現已是鷹爪以外的遊戲了
他站在橡樹叢中等待著
有心無力的拯救；
在夜晚才記得自由
而在夢中展翼飛翔
晨曦再將它摧毀。
他倔強，但痛楚更強，
無法行走最強。
野狗在日間會來折磨他

但不敢挨近，除死亡這救世主外
無人能讓這剛毅精神
不怒而威的眼睛
俯首稱臣。
這世間狂野的神
有時只對懇求慈悲的人給予慈悲
但極少會給予傲慢者。
你們這些社會人士都不認識他，或是
忘記了他；
狂妄而野蠻，那鷹記得他；
美麗而狂野，垂死的鷹群與人群
都會記得他。

全詩共兩段，上面是第一段全部，隱喻遍佈詩行，令人閱詩如履薄冰，不敢大意，的確傷鷹有如淺水之魚、平陽之虎，再也不是天空與鋼爪的遊戲規則了。即使如此，猥瑣的野貓野狗，也不敢攖其鋒芒。但最令人感傷的竟不是靜待死亡來臨，而是經常在不經意的等待裡，夢裡不知身是客，一晌貪歡於天空自由盤旋。一直等到晨曦來臨，方才驚醒好夢，回歸現實的殘酷。這殘酷現實同時也就是天地的不仁，或是那不講道理、狂妄野蠻、美麗狂野的命運之神。醉生夢死、合群聚居的人類不會認識他，只有個別面對死亡的鷹或人，才會不甘心被殘酷命運擺佈之餘，記得存在本來就是無可奈何的一回事。

詩的第二段裡，詩人把鷹飼養六星期後，便放鷹歸山。可是他已不能飛了，沒法飛翔的蒼鷹雖生猶死：

他踱過濱海山頭
黃昏後卻回來求死
但沒有乞求，眼神仍帶著
一貫毫不妥協的傲慢。

在夕陽裡，人送給鷹一顆鉛彈作為解脫，頹然死後的鷹，詩人這般遙想追述，那又是如何的另一種飛越啊！就連河流鷺鷥，也會在午夜為之急起驚叫。人的處境又何嘗不如此？我們一直似乎努力爭取與維護，不是搖尾乞憐的偷生，而是面對死亡或困境，以及無可理喻的野蠻命運時，那種慷慨就義的尊嚴，也就算得是昂然的傲慢吧。

鹿鳴之篇——附詩〈鹿鳴〉

一

第一次見到牠的時候，應該是三十多年前的深秋，在西部一個寧靜而宗教氣息濃厚的小城。隨著黃葉滿地，時序迅速進入肅殺寒冷。遠山點滴鮮紅樹葉，有如一抹鈞窯紫紅。週日除了教眾在教堂虔誠準備祭典外，也有一些人，包括教徒、異教徒、或非教徒們，趁秋高氣爽，聚眾攜鎗出外狩獵。

翌日清晨走在蕭颯街道，空氣中微帶一種薄荷清涼，在行人稀少的寂靜裡，連步伐也顯得格外清脆肅穆。驀然看見不遠處一棵楓樹懸掛著一件龐然大物，在不經意中走近時，發覺那是一隻巨鹿。

牠頭下腳上被倒吊在粗大樹椏上，由於身軀被不對稱的重量拉延，更顯出修長清秀，肚已被開膛，放血後長長的傷口早已隨著夜間冰冷空氣凝結，乾淨俐落，頭部斜斜側向地面，就好像帶一絲無奈，三分憤懣，七分默然。可是眼睛仍然睜開，那真是一對秀麗絕倫的眼神，寒澈如黑夜星星，一動不動，也閃閃爍爍，好像是世界捨不得牠，而不是牠捨不得這世界，尤其是這世界的人類。

這是麞鹿與異鄉人短暫的首度邂逅，開始是陌生驚惶，繼而是物傷其類的感悲。的確，牠的出現有如一則預言，預告著許多異國遭遇。像何其芳那首〈預言〉內那隻以細碎蹏聲馳過苔徑的麞鹿，詩人哀求著年輕的神（其實在梵樂希的詩裡，就是年少輕狂的命運——La Jeune Parque）不要單獨前行，因為：

……前面是無邊的森林，
古老的樹現著野獸身上的斑紋，
半生半死的籐蟒蛇樣交纏著，
密葉裡漏不下一顆星，

你將怯怯地不敢放下第二步，
當你聽見了第一步空寥的回聲。

可是那驕傲足音竟然不聽詩人激動的歌聲，成為預言中無語而來，無語而去年輕的神。那種年少輕狂的逾越，就像許多當年飄洋過海，獨闖新大陸的留學生，在某一個狩獵季節，被人射殺，開膛，並被當眾懸掛，然後被遺忘，「像靜穆的微風飄過這黃昏裡。」

在物競天擇，適者生存的弱肉強食規律裡，人類成為最可怕的一種智慧動物，尤其在高度文明的掩護下，藉口成為最犀利的武器，狩獵是慣性行為（還有詭異的性別互相狩獵），並且附帶遊戲規則，於是強者成為獵者，弱者成為獵物。

二

第二次見牠猶如未見，那是在美國中西部玉米田間的公路，已經入夜了，一行人在趕路，安格爾先生說這條路他最熟，由他來開車，晚飯前閉著眼睛也可開到Amana，華苓大姐說開車眼睛要睜開，嘴巴倒可閉著。一行人談談笑笑，愁予在，藍藍也在，因為坐的是愁予從耶魯開來的 station wagon，所以一直都是愁予在開車，安格爾先生在前座指指點點，倒像真的他在駕駛了。

這是當年歡樂歲月，一群來自不同地方的人，在某一時刻竟在同一地方碰上了。主人高義，年年如此，歲歲盡歡，也未想到有多長久，只覺得每日難得相聚，那就已是天長地久。這是另一個美麗新世界，在愛荷華城，沒有東岸矜持，也沒有西岸開放，它就是那麼淳樸而微帶尊嚴的小城，偶而也帶一點藝術家叛逆，無傷大雅，甚至顯得格外純真。由於世間純真日漸稀少，更有維護及被保護的迫切需要。這也許就是安格爾與聶華苓成立「國際寫作計劃」的初衷吧。於是全世界許多作家，有驚弓之鳥，有劫後餘生，有仍在逃難，甚至有放逐天涯，家國難歸，都翩然來投。它成為另一種桃花源，每每讓人樂而忘返。

記得當天早上，安格爾先生興起，給我講解一首他寫的〈火狐狸之聲〉。後來一九八九年我在臺客座，適好安氏夫婦訪臺，故國重逢，更添親切。那年的五月十四日是他們結婚週年日，我特別譯了這首詩於當日副刊，以為祝賀：

火狐狸之聲 (The Sound of Red)

像一面面鏡子奇妙地迷失在另一些鏡子
她的眼神反射著那時代的回憶。
她激昂地告訴我們這些猴急的聆聽者，
有關那隻毛色光亮火狐狸脫逃的故事，
一溜煙快得只賸一道紅痕，
她說，那時我害怕得閉上眼睛，
但黑暗中又赤紅起來，
我們又聽到一個孩子獸性的呼喊：
回來，火狐狸！火狐狸！
她像會發光般的毛骨悚然地站著，
金色微風使她的恐懼變色，
她的眼睛閃爍像兩個湛藍的小太陽，
但繼而她狂叫，把我嚇壞了，

那隻像他那般壞的狐狸嚇唬了我，她緊捉著
我的手，在她
驕傲的激情裡。

這是一首小孩、動物和成人互動關係的抒情詩。訴說小孩如何激動於她個人動物世界與經驗的追述，無論火狐狸為狐狸，或狗犬，或駿馬，或甚至是一隻麋鹿，並不重要，重要的是小孩世界與動物世界凝合為一，渾然不知人獸之別，大人為了保護這純真經驗完整，遂也煞有介事般的，與小孩一起分享童話般的激情。

傍晚坐在風馳的車上，夜色迷濛裡看著窗外一排排玉米往後倒退，想起電光石火的火狐狸，以及童話的小女孩。忽地「蓬」然一聲響處，說時遲，那時快，但見一團黑影從地上掙扎而起，然後急促竄向旁邊的玉米田。

「撞到鹿啦！」車中有人驚叫。大家方才明白究竟怎麼一回事之餘，安格爾已經命令車子倒退，回到撞碰地點。親自下車檢視，保險杆沒有扭歪，車頭也正常，但見他走入玉米田裡，好一會才回來。他說：

「我真擔心，如果鹿被撞死了還好，假如是受了傷而又不能走動，在荒野裡也無人知悉，那就真的非常悲慘了。」

他喜歡鹿是真心的，因為在他屋外的園子，鹿群便經常自樹林後面山谷來喫他留下的菜蔬和麵包。許多年後，聶華苓在《鹿園情事》一書中追憶：

「天空下，有個鹿園。一個美國男子和一個中國女子在鹿園裡，相惜相愛，生死相許。走遍天涯海角，永遠回到鹿園……。」

然而她仍然習慣稱呼我的舊名，在書的內頁這般寫著：「非常懷念和你們在一起的時光。書中所記，只是鹿園或是隨風而去的落葉。留著作紀念吧！」

三

後來和牠相遇已是在南加州的山居歲月。就像安格爾的鹿園，這兒會有鹿兒零落自山後的胡桃樹林走過來，但沒有那麼多，安格爾一數便有十二隻，加州人多，因而鹿丁不旺，而且南方也從不下雪。

但是我開始明白，為什麼安格爾沒有養狗，一旦有狗隻巡守，鹿群便裹足不前了。這次相遇也是在收養德國狼犬之前。那是一個濃霧清晨，心情微帶疲憊滄桑，自從怠倦於人世種種矯情與寡義，對人群開始有一種恐懼，對孤獨有一種熟悉嚮往，就連語言，也成為一種無奈。我在英文系的友人 Ron Gottesman 分享著同樣看法，甚至認為和動物說話比和人類說話有意義得多。其實寡言勝於語言，無言是澈底沉默的前奏序曲。

牠從霧裡的胡桃林間走出來，有一種自信顯露在步伐節奏，不徐不疾，好像覺得天地之間就是道路，有路便可自由行走。我不知道此自信從何而來，大概就是動物本能吧。本來宇宙萬物，皆擁有生存空間與存在權利，殊不知人獸相處，尤其人類以征服者主宰獸類的命運後，空間與權利均充滿無窮變數，進而產生操縱與囚禁。

匆匆一剎那，我倆對望一眼，那真是一對知音眼神！我轉身入屋，坐在書桌前，提筆寫下〈麞鹿〉詩內的一段：

它踩著簌簌林葉漫步前行
面臨進入那陌生及人的世界

充滿虛偽、猜疑、奸詐、機心
還有貪婪和嫉妒，奢侈與貧窮
它的步姿孤獨緩慢
甚至近乎一種難堪寂寞
我一生最是熟悉！
那是一次又再一次的沉默試探：
前面的都市與文明
就是詩與鹿的死亡！

四

我的意思是，文明是一種弔詭，它一方面承諾繁榮與進步，另一方面又趨向腐敗與衰退。但前者有著無數藉口，經常以掠奪者姿態予取予求。於是山林砍伐，土壤流失，生物屠殺，河川污染，天空蒙塵。最後，潮流以噪音之姿席捲民眾，取代傳統，甚至而遺忘傳統。許多價值泯滅，使人自豪於群體偉大之餘，而不發覺自我萎縮渺小。

西雅圖外海有一個名叫洛帕茲(Lopez)的離島，島內居民兩百餘人，只有一個中國婦女。也就是她的接待，讓每年聚會一次的三家人選擇前來渡過一個夏日黃昏。美麗航程有如詩般浪漫，寒冷海風、海岸迷人曲線翠綠景色、香濃熱咖啡（噢！西雅圖道地的Starbucks，還有Melville的聯想）。但這已經不是詩的時代了，雖然詩沒有死亡，但肯定受了傷，並且營養不良，被人歧視，乏人照顧。可是三家人中有兩個詩人，另一個還是愛護詩人的學者。記得有一年愛荷華的中國週末，他即席翻譯了一首現場朗誦的詩，令人對他的詩感與語言造詣，另眼相看。

然而時光迢遞，一眨眼數十年光景，許多鮮明往事，竟有似夢境依稀。朋友們也就互相珍惜時光，再進而規劃相聚。前年在花蓮，一夕結緣，如夢如幻。去年在洛城，他仍憔悴，但今夏西城相會，又已春風滿面。只是其中的我，已學會如何在異鄉小鎮寂寞生活，在山林徜徉，不需身體語言，更不求索知音。因為所有情愛歸宿，均是虛幻。

於是就在碩壯婦女們前往渡頭準備歸計時，我們三人面海並排無言而坐……

然而驀然在無聲裡
一陣急促鹿鳴在山坡響起
黃昏鹿群舉家四出覓食
驚醒許多波濤湧岸
它們就是一種美麗……

這是首度聆聽鹿的鳴叫，難道這就是《詩經》裡的鹿鳴呦呦？看到牠們疏疏落落出來覓食，而且也不害怕陌生人，則這絕對是一個人獸相融的理想世界。惟有彼此兩無猜忌，人無傷鹿心，鹿無害人意，這世界才會回復古代有如遊仙詩裡隱逸的山林。其實那又有什麼困難呢？但是困難仍不在純真鹿意，而在於變幻莫測人心，以及無限的貪婪與佔有。而最恐怖的還有它的虛偽與機詐！我又想起安格爾先生的回憶錄裡，提到「鹿園」內各種自由來往的飛禽走獸，這才是我們樂見的人間世界啊！他說：

「我們山頂一大片樹林，蜿蜒迤邐到後面的山谷，山谷裡有許多野鹿。華苓喜歡遠遠看牠們從樹林一隻隻走出來，在園子裡遊蕩，吃我撒在樹林邊上的鹿食。園子裡有彩色的鳥、鴿子、野雞、松鼠、浣熊。華苓每天和我一道去小雜貨店取過時的麵包，看我逗浣熊在我手掌心啄麵包屑。」

我們沒有從陽臺走向山徑餵鹿，但細心的主人把她留下來的過時菜蔬交給我們，紛紛拋給鹿群。一時又是鹿鳴四起，有呼爹喚娘，有尋兒覓女。多年內與鹿結下不解之緣，然而以這黃昏鳴叫無法抵擋。的確，它們就是一種美麗，不，應該是一種極致美麗。當時葡萄紫紅夕陽酒興方酣，有似人生一種智慧圓融。是的，轉眼我們便乘渡輪回到俗世，是的，我們都不再年輕，但在許多有所為有所不為的抉擇裡，我們仍然擁有一種尊嚴，有如那一連串自由自在的瀟脫鹿鳴，無論是遺世、冷落、飢餓、疾病、衰老或甚至死亡，均不為凡間環境所動或所辱。

因為我在想，生命的存在應該不止是一種權利，同時也是一種追尋、一種領會，然後是一種抉擇。

鹿鳴

碩壯婦女們前往渡頭準備歸計
並留下老弱男丁留守觀望
他們面海並排而坐
另有一種默契流淌——
在人面獸語的年代
許多扭曲語言
並不適宜在山林播散
（我同時已學會異鄉寂寞生活
在山水徜徉，不需身體語言
更不求索知音
因為所有情愛歸宿
均是虛幻。）
然而驀然在無聲裡

一陣急短鹿鳴在山坡響起
黃昏鹿群舉家四出覓食
驚醒許多波濤湧岸；
它們就是一種美麗
隨著葡萄紫紅夕陽漫然而來
令人無法抵擋
並且感染那種世外灑脫，
那些疏落鳴叫
有時密集如戰陣擲戈
擊破一片靜默帷幔
有時像伏兵狙出
猝不及防又悄然退卻。
他於是入屋誦寫鼓瑟之句
那的確曾是詩的年代

君子歡聚宴飲，夾雜著
鹿鳴呦呦的吟唱，此起彼落
有如一連串拒絕俗世的「不」！
餘音嫋嫋中
她們已自渡頭返回。

唐海獸葡萄鏡——詩文兩帖

當他在喜宴席上
把水變酒
給了人間最甜美的開始
有人迢迢千里
自西域帶回了葡萄與苜蓿
從此改變京城織錦的圖紋
還有美酒、銅鏡、和詩歌；
唐貞觀廿一年春
突厥可汗進貢馬乳葡萄後

紫色引起無限遐思
包括柳眉、檀唇、和酥乳
轉眼間一縣葡萄皆熟
滿山多是苜蓿
那已是芳香辛烈的醍醐佳釀了。
跟著海獸從波斯來
有五隻蜷伏在鏡背
當中豐腴匍匐
成圓鼻鈕座，
其餘四隻矯捷圍繞
活潑嬉戲
快樂而忘憂，
它們昂首搖尾
泅泳奔馳

掀起枝葉如翻飛波浪
湧向一圈葡萄蔓枝果實；
外區八隻雀鳥
或垂翅啄食
或撲翅紛飛
朝向鏡邊四十九朵碎花細紋
這已經是開元天寶以前時尚
那時的西方
一定也非常後現代
非常難以捉摸
就像傳說中的瑞獸
是海馬還是狻猊？
漢苑葡萄
來自波斯，或拜占庭？

海獸葡萄鏡為唐代著名鏡種之一，其劃時代性一如宋代汝窯、或明朝青花。因此在鏡器收藏中，不可或缺，猶如戰國山字鏡、或漢朝博局鏡。然而精品海獸葡萄，可謂千中無一，有如緣份，不是價格若干，而是可遇不可求。而求之多年，終未有所遇，充斥市坊之海獸葡萄，多如過江之鯽，舉目皆是，過盡千帆，終也不是，真品贗品，品相懸殊，就算後代倣製，終難超越本來面目。千禧年末，自紐約蘇富比投得唐代海獸葡萄圓鏡一面。欣喜之情，自所難免，遂得詩一首如上。

此鏡直徑一〇・八公分，厚一・二公分，重四八八・五四公克，以精緻海獸葡萄浮雕分為內外兩區，內區以一隻豐腴母獸匍匐當中為鈕座，四周圍繞四隻天真可愛、活潑奔馳的子獸。所謂海獸，人言言殊，中國、日本、西方學者對此神獸來歷研究何止萬言，其形介乎獅子（或狻猊）、狐狸、與狗犬之間的瑞獸，鏡子遂以此為吉祥物，猶如西方之 good luck charm 也。唐朝尤愛狻猊，據云嗜好甜食的唐人，仿照東漢做「猊糖」的辦法，把甘蔗汁晒乾成糖晶，然後把它揉拌成塊，再以模子加蓋成動物形狀，其中獅子糖就是這種用石蜜做成的糖餅。

鏡外區飾以一圈高線纏枝葡萄果葉，周圍有八隻雀鳥，或飛翔、或棲息、或啄食葡萄，生機盎然。鏡邊邊緣配以四十九朵碎花如疊雲。這面鏡子品相，無論造型設計、圖案、直徑尺寸、厚度重量及黑漆古，均與夏威夷 Donald H. Graham Jr.《銅鏡收藏》一書 (*Bronze Mirrors From Ancient China*, 1994, Hong Kong) 內第八十號唐鏡相同。

至於張騫自西域，把葡萄連同苜蓿一起攜回中國，文獻皆有載。但方豪在他的《中西交通史》一書內力排眾議，認同日本學者桑原騭藏的研究，二物皆是張騫死後，由無名使者輸入。然張騫在漢初出使西域的四國，雖僅有大宛、大月氏、大夏、及康居，其中大宛出產葡萄及酒，傳入中國，殆無疑問，亦不必深究是張騫或其他漢使帶進。司馬遷即根據張騫報告資料，撰寫《史記・大宛列傳》，其中有云：

> 大宛在匈奴西南，在漢正西，去漢可萬里，其俗土著，耕田，田稻麥。有蒲陶酒，多善馬，馬汗血。

漢朝時在西元前後二世紀間，亦即基督誕生受難前後，希臘、羅馬及西域諸國，早有葡萄美酒，而中國主要酒精飲料，仍為穀類發酵飲料的白酒。張騫把葡萄種子帶入中國種植，並在漢宮上林苑果實纍串，皆是當作水果食用。雖然後來五世紀時，因為敦煌氣候及土壤適宜，大量繁殖，但仍未有足夠條件釀酒。

而進入生產釀製多姿多采葡萄美酒夜光杯，則要等到七世紀後唐朝，文事武功鼎盛的貞觀時期。據載，貞觀二十一年（六四七年）春天，突厥可汗進貢一種橢圓細長的「馬乳葡萄」，顏色深紫，以形狀而言，長形的「馬乳」與當日流行外號「龍珠」的圓形葡萄相映成趣，更能引人遐思。《全唐詩》第十一冊，八百二十卷「妓女」條內載，長安宮城與東市之間的平康坊名妓趙鸞鸞，有〈酥乳〉詩一首：

粉香汗濕瑤琴軫，春逗酥融綿雨膏；浴罷檀郎捫弄處，靈華涼沁紫葡萄。

唐人浪漫情色，躍然紙上，就如馬乳紫葡萄，亦不倖免，其中肢體比喻，未遜英國十七世紀玄學詩派。以上資料，乃是閱自加州大學柏克萊分校漢學教授謝弗（Edward H. Schafer）名著《撒馬爾罕的金桃》（*The Golden Peaches of Samarkand: A Study of the Tang Exotics*）。此書旁徵博引，介紹自盛唐以來，外地進口各類物品，從家畜珍禽、走獸皮草，到香料植物、紡織寶石，令人讀後嘆為觀止。中國大陸有中譯本，改名為《唐代的外來文明》，譯者亦修改了謝書內若干錯誤。

然而我看海獸葡萄之入銅鏡，乃是唐人對西域一種異國情調（exoticism）的迷戀，就像長安東城沿春明門往南的胡姬酒肆，與上面平康坊的歌妓平分春色。由撒馬爾罕進貢的金黃桃子，特別清甜可口。尤其葡萄在山西太原大量繁殖，釀酒工業隨而興起，自漢代以來一直對這種稀有飲料的嚮往與渴切，一旦獲得滿足與盡情，再加上長安胡賈聚居，把這種飲料與他們的原居地西域聯想在一起，更饒富激盪著異國風情了。尤其上述的胡姬酒肆，更令詩人流連忘返。李白最有名的〈少年行〉第二首便有提到：

> 五陵年少金市東，銀鞍白馬度春風；落花踏盡遊何處，笑入胡姬酒肆中。

可想而知，意氣風發的五陵少年笑入酒家要點的酒，自非葡萄酒莫屬。再由容貌如花的胡姬當罏，歌舞羅衣，那又如何不盡醉而歸？

因而葡萄成為唐鏡圖案主要格調（motif），也是順理成章，再加瑞獸狻猊，猶如胡姬之配美酒。施翠峰先生曾於敘利亞沙漠古城牆壁發現雕塑的葡萄紋飾圖案，非常興奮的認為唐鏡葡萄起源，可能直溯希臘。其實正是如此，前面《史記》提到的大宛，就是指為亞歷山大大帝所建的三個國家（有如希臘殖民地）之一（其他兩國為大夏與條枝）。希臘在中亞地區顯而易見，學者們更認定「葡萄」一詞，乃源自希臘文譯音的「botrus」一字。猶如波斯語呼「苜蓿」為「musu」一樣。而大宛或大秦（古羅馬帝國）自漢代即有交通，《後漢書》及《三國志》內均有記載，則希臘羅馬(Greco-Roman)古典藝術風格自中東傳入及影響中國，自是順情順理，只是其中隔了一個印度古國，更增錯綜複雜而已。

這種轉折風格傳承，最顯著從鎏金佛像源流便可看出，佛教入華至隋唐而大盛，鎏金菩薩造型更登峰造極，豐腴柔靜，寶相莊嚴，韻律流動，線條美感無以復加。然而雖云傳自印度，但早期如北魏鎏金觀音立像，或北齊鎏金彌勒佛坐像，觀其風格，無論身後舟形背光，或頭部後面火燄光輪(halo)，均明顯表示出印度西北犍陀羅揉合古希臘造型風貌。唐代葡萄紋飾承襲自希臘藝術，是一個非常合理的推論。

至於苜蓿與葡萄的聯想，那就更加有趣了。苜蓿即今日西方沙拉(salad)佐菜的「Alfafa」，聆其字音，即知其為英語之外來語，當年與葡萄一起傳入中國，雖為畜牧飼料，然亦可當作蔬菜食用。杜甫有〈寓目〉一首，極富西域情調，然而詩人憂國憂民，與李白詩內長安、咸陽間衣馬輕肥的貴公子相比，又是另一種迴然不同的感覺：

一縣葡萄熟，秋山苜蓿多。關雲常帶雨，塞水不成河。羌女輕烽燧，胡兒制駱駝。

自傷遲暮眼，喪亂飽經過。

詩人一生飲經憂患，安史之亂後，又歷吐蕃、回紇之禍，對外族複雜情緒，真是「千載琵琶作胡語，分明怨恨曲中論」。然而葡萄、苜蓿自入漢以來，有如默默無語的歷史見證，每年葡萄成熟，苜蓿遍山，朝代與人物紛紛遞變。就像一面面自唐傳承至今的海獸葡萄鏡，捧在手裡，心中在想，從前那些傾國傾城的花容月貌呢？如今安在？將來鏡子又在誰手裡？誰又會怎樣想？

秋恨

每次離別
都是當年慣用方式
不著言語祇只
一泓霧裡上路的眼色追隨

——陳本銘〈行香人〉

想不到過了中秋，你就走了，那種姿態，頗似張愛玲，沒有愛戀或怨懟，只有，我想，是對人生一種無奈與漠然。九月廿八日晨你走，我一無所知，當晚深夜乘機赴臺。十月回來，檢讀舊報，因副刊曾告知四日會上一篇短文，抽閱之下，赫然發覺我倆同臺演出，只是這次你以身殉，以訃聞方式告知世人你已遠遊，並且一去不返。

方寸大亂之餘，我強行收拾悲痛，並以一貫沉默與冷酷，開車上路。已經過了午後時分，造化弄人，天不讓我們見最後一面，我默默無語，一一處理日來擱置已久的公務。世間諸事本是如此，你在悲苦別人在快樂，但是快樂的別人不但無知於你的悲苦，同時還期待你與他們同樂。相反，有時難得樂在其中，喜上眉梢，卻要講解莎翁四大悲劇，那又是另一種大煞風景心情。暮色深沉，慢慢沉澱著我們交往回憶，雖是短短數年，卻是香醇清冽，頗堪宿醉。

當然要從《新大陸詩刊》說起，這是一本在美國唯一定期出版的詩刊，當初你和陳銘華兩人就是擔綱臺柱。我看到不只是詩的愛戀，而是詩的堅持，猶似愛情，相悅愛戀容易，日子堅持便困難得多。在困厄的時代，人文沉淪，功利交煎，許多所謂堅持，更經常流入孤芳自賞的危機。然而記得那夜和內子赴約，和你與銘華相會，一夕長談，讓我另眼相看。因為聽到的不止是海外詩人艱苦歷程，或是越南華文詩歌辛酸成長，而是一段不折不撓的學習與追尋。我長年飄泊海外，相交作家數以百計，然而許多時候，往往是你知道他們地方來歷比他們知道你的多。即使來自臺灣本土，那種脫節情況也會令人目不忍睹。中國現代詩發展，自五〇年代臺灣便是一股主流，雖然一度曾與五四傳統脫節，成為白色恐怖犧牲品，然而血濃於水，藕斷絲連，曾幾何時又是從無到有，帶動中國抒情一脈傳承。

驚訝的我，面對著你們倆對臺灣現代詩壇種種往事的熟悉，侃侃而談，遂而思考到另一個更嚴肅的課題：詩人語言可以以國籍劃分，但同一語言的創作，國族藩籬便需突破而追求民族融合，其實海外詩人哪分得出那麼多越華、菲華、美華……？如果同屬華語系統，即使文化背景殊異，也無足影響共享有的互補共性。故步自封或自大於自己源流，將更自囿於更大局限。同樣，許多海外華人文學，往往著眼於共相的「海外」，而不知全世界殊相的「華」才是力量的凝聚與挑戰。

寫到這裡，秀陶來電，談及與你種種往事，感觸良深。在洛杉磯，我和秀陶及有限數人，算得是碩果僅存的臺灣詩人，共同分享臺灣現代詩一段過往，那種感情也算得是相濡以沫了。在美國，無論西岸或東岸的城市，臺灣詩人數字均以基本奇數計算，如果能算以偶數的兩個，便算得是眾多了。但在洛城《新大陸詩刊》凝聚的一批海外詩人，有如百川匯海，亦頗曾熱鬧一時。最能令人緬懷的是一九九五年九月九日中秋，籌辦了一個「以詩迎月：今夜星光燦爛」的中秋節現代詩朗誦晚會，遠道來自舊金山的紀弦、康州的鄭愁予、西雅圖的楊牧、聖地牙哥的葉維廉，以及洛城本地的你和銘華，我和秀陶，在長青書局分別上臺朗誦詩作。由於銘華和你的努力及協調，不但把活動辦得出色，更出版特刊，把那夜誦讀的詩作及詩人介紹編印成冊，讓在座聽眾能夠以閱讀補朗誦之不足，我曾這樣記述：

其實這次現代詩歌朗誦晚會的詩人組合，已展露繁複文化背景結合的端倪。許多詩人不止具有臺灣詩人身分，同時亦是海外詩人，另外，這次參加演出的洛杉磯本地的新大陸詩社成員三人，除秀陶原有的臺灣身分外，其他如陳銘華、陳本銘更帶著越南華裔詩人身分，他們與臺灣及中國大陸的詩歌運動更息息相關，血肉相連。

是的，就是這一夜的中秋，以及它的永恆，帶給我長久不息的震撼顫動。張愛玲逝世於前夕，我經常願意這樣想，如果她知道，並且還存活，一定也願意，以平常百姓心情，做一個普通在座聽眾，以詩歌來洗滌市居煩俗的心靈。至少，我的朋友胡金銓那晚便赫然在座，全程參與，沒有高談闊論，只有默默聆聽。

而那本特輯封面，就是由主修美術設計的你來設計。許多人沒有留意或不知道，那晚在長青書局門前迎風飄揚一面帘旗，有如牧童遙指杏花村的酒館，也是你的貢獻。

你的病情我早有所悉，因此格外留意你處世與詩的呈現，那夜除了本文前引的一首對生命如履薄冰的〈行香人〉外，你還讀了一首短短的〈風想〉，並引用禪宗「非幡動，非風動，仁者心動」的典故後——

衣衫獵獵
摺疊驟起的鐘聲
早課經文兀自翻騰
如夜來輾轉一燈
靜默焚燃肉體
應無所住的
花
落在潔亮腦袋
阿彌陀佛
早年自由飄灑的

髮

自在無礙

我的朋友閻雲醫師在「希望城」醫院工作，曾告知兩刃之劍的「化療」效應，我想，就有「如夜來輾轉一燈／靜默焚燃肉體」吧。其中亦包括脫髮，因而讓詩人想起——花與髮，皆是空相，「落在潔亮腦袋」。

後來髮長回來了，儼然沒事人一樣，依然自由飄灑，打球、寫詩，做喜歡做的事，我所知大概如此，極為有限，飄泊的我，常常覺得莊子的無情，實是至情，這一群海外飄零的人，有國難投，有家難歸，有如魚群涸於陸地，與其相濡以口沫，不如相忘於江湖。因此，我經常保持著一份不得不如此的遙遠，但望能有知音，於相忘中保持一份不敢或忘的信念。然而事與願違，譬如年初開始曾被一連串病魔纏繞，雖是折磨，亦無大凶，然而近乎半年的折騰與困擾，讓我有如隱入山中雲深不知處，而不見諒於他人。到了深秋，在露水濃郁夜晚，常有一種秋恨，那種感覺，就像李商隱的一首〈暮秋獨遊曲江〉：

55
恨秋

荷葉生時春恨生，荷葉枯時秋恨成；深知身在情長在，悵望江頭江水聲。

荷葉榮枯，有如生命許多歡聚與離恨，然而春去秋來，江水長流，生命的許多情份，仍然倚賴著一個短暫無常肉身！這真是最大的諷刺與無奈。朋友，這篇〈秋恨〉裡和你說的話，比數年相交所說的話加起來還要多，你是廣東人，我奔喪來遲，就讓我引唱一段白駒榮的〈客途秋恨〉來送你——

涼風有訊，秋月無邊……今日天隔一方難見面，是以孤舟沉寂晚景涼天……耳畔聽得秋聲桐葉落，又見平橋衰柳鎖寒煙。觸景添情，懊惱懷人，愁對月華圓。

子夜曇花

一

「爸爸後園植物，如你喜歡，就挑一些拿走吧，反正房子已賣掉了。」老師的兒子比爾，一邊和我一起收拾雜物搬出房間，一邊不經意地對我說。

「是的，有些竟也已好多年了，還有師母逝世前就已種植的。看，這兩棵曇花竟也長得那麼高大了。」我幫忙把老師的遺物放入紙箱，把一些不屬捐贈給圖書館書籍以外的物件，放進車庫裡。

從屋子到車庫，我們必須穿越過一個小小庭院，那兒種有幾棵山茶，一些靠牆松柏，幾盤乏人照料、疏落放著的熱帶仙人掌。還有兩株曇花，因為已有二十餘年之久，本來是植在室內盤裡，想是後來露天放在地面，其中一株根鬚已伸入泥土，猶如落地生根，如要連根拔起，一定會損壞根莖萎死。倒是另一株入土不深，只要小心剔挖，還有可為。

「好吧，就試拿一棵曇花回去吧！」我對老師的兒媳說，和他倆早年在西雅圖認識，那時正是青春年少。想不到竟又在洛城相處近三十年，情如家人。老師家中人丁單薄，比爾是獨子，艾力是獨孫。當初師母在世，三家人在一起，倒是樂也融融。依稀記得那時師母便已鎮日嘮叨著她的曇花。

可能年代日久，疏於栽培，擱在後院，常綠曇花竟也有老態。枝葉不但沒有早時豐茂，許多纖長葉子上的壞死組織，泛現出黑色斑塊，有如點點老人斑。由於沒有修葺剪栽，花樹越長越高，枝幹橫豎糾纏，有似多出手腳，不知如何放置。老師逝世前，年事已高，行動不便，花木多由他人打理。曇花枝幹細長脆弱，沒法承受壓力，容易折斷，有人便用繩子把它們互相縛繫扶持，彼傾此倚，頗有一種老人行動蹣跚，不得不倚仗外力，卻同時又想獨自苦撐的孤傲。想起老師晚年舉步維艱，後來就連拐杖也無用處，出外時雖有人協助行走，但依然可以感到他一股的堅強意志毅力。

到了後來，曇花下面瘦弱枝幹，已慢慢難以支撐上面發展，有人便把上層枝葉用繩子繫向周圍松柏。這樣一來，雖得到舒展，花姿卻成另一種難堪無奈，好像一副被繩子吊著手足的木偶，空盪盪懸在半空。

二

為了解救這種困境，以及同時能搬運，必須把固定在松柏上的繩子一一剪除。世間事難以兩全，曇花命運終於回到自己手裡，卻又礙手礙腳，萎頓不堪。要搬入四門轎車，一不小心，更會斷手斷腳。還是倚賴平日購買花草的經驗，把它安置在前座，如同座客倚臥，再縛上安全帶，行蹤五十里，忐忑一顆心，終於把它攜帶回來。雖然稍有折損，但非重創。花木枝幹本身柔軟韌力，能夠承擔顛沛外力，令人詫異。

把曇花搬回來，也是對老師感情難以割捨吧。總覺得世間萬物，包括花魄鳥魂，冥冥中可以沉默交流。人離開了，見不到了，但他在你心中，於是便存在。有些人朝夕相對，然而從未在對方心裡，於是便不存在。多年來這種「存在主義」誘導著我進入另一個神祕境界，更發展入超越語言的沉默。季節許多生態遞變，彼此觀察關懷，沉思冥想，如此又豈止於人與物的一花一沙一世界？隨著更多人間沉默，帶來更大世間疏遠，最後甚至厭惡人際間虛偽語言，或是辭不達意的挫敗。

許多清晨與傍晚，在山居林間，也就喜歡了花無語的涵義、鳥自飛的灑脫、或犬隻單純的忠誠。

給曇花澈底一個清洗，去除表面塵垢，再換上較大花盤和添土。據說盆栽宜選用肥沃、排水良好的土壤，澆水要適時適量，以盆土不乾為度。再為它選擇一個溫暖潮濕半陰的環境，也據聞放置地點如過度蔭蔽或施肥過量，均會引起植株徒長，成為今日手足無措的局面。形而上看來，簡直就已把花當作老師的分身，為他淋浴，為他拭抹，為他理髮剪甲，剃鬚梳洗，最後給他一個舒適安身之所，師徒可以朝夕相伴。

這種牽依，在他離去前就已強烈形成。他本是個寡言的人，但如心中有話，卻也滔滔不絕，說盡才休。也就如此，方得有機會，在洛杉磯長達三十年交往裡，把他那一代人的過往，銜接入我這一代人的現在。譬如去昆明，會想起他在一九三九年，獲南加州大學哲學系博士，張君勱先生來電邀請，回國任教雲南大理民族文化書院，並在那兒完成平生得意傑作：〈心與宇宙秩序〉。後去成都，也會想起他在一九四二年，四川成都燕京大學復校，回成都任教母校。這些都是在一九四五年他自印度乘輪船赴紐約轉西雅圖，任教西雅圖華盛頓大學以前之事。

但比這個還早，還可算到童年福州。本來他老家在福清，父親是中醫，自從信奉基督，而為美以美教會傳道牧師後，便舉家遷往福州居住。有年在洛城陪他下棋，一時腹饑，在廚房找東西吃，結果找來一袋新鮮「備犒」(bagel)，那是猶太民族相傳下來的一種過水麵包圈，在發麵圈時用滾水煮過，然後再重新烤成。我喜歡把這麵包圈橫切開兩片，再烤一次，然後塗上厚厚的奶油乾酪 (cream cheese)，那是無上美味。但據他和同鄉的師母相告，在福州也有一種日光餅，據說是戚繼光軍隊傳留下來，形狀和備犒一模一樣，只是味道猶有過之。中間的圓圈也較小，因當時是用細繩把麵包圈串連起來，掛在胸前或腰間，以解行軍或旅途飢饉。從此以後，因為這個掌故，便多方搜尋這種中國備犒，幾乎成為壓抑迷戀 (obsession)，直到紐約一對福州夫婦朋友叫兒子攜來兩大袋日光餅，我才明白兩者味道的差異。

三

曇花靜靜緊靠大門旁屋簷底下凡數月，自春入夏，人花無語，歲月無聲，只有偶然翠綠，顯示出它對環境的適應語言。新葉緩慢自舊葉中長出，黑斑漸褪，花樹重新有著雍容氣度，一如他的寡言性格，在低調行事風格中，始終帶著濃郁而清晰自信。我對花樹沒有期待，它存在，我已心滿意足。

跟著就是連串忙碌旅程，還有心靈流浪。無數的城市，無垠的山川，無盡的歷史故事，令人措手不及，難以辨認。流浪人在流浪世界，流浪時光，流浪人群，看盡了塵世虛妄，帶著一身風塵，回到山居，息影絕塵。

就在尋常一天，發覺曇花已垂首含苞了。

那是驀然而來的驚喜，不是花開花落，而是花的訊息。像久別的人，傳來心花怒放的約會，直教人朝夕亟待。久聞曇花只開一夕，是最初一夜，也是最後一夜，充滿生命奮發與無常哲理，便決心迎接它來臨的啟迪。

那幾乎是即時降臨，也就是說，一旦發覺滿蕾的翌夜，便有如忍俊不禁的笑容，迫不及待綻開。黑暗夜晚，潔白花朵，如冬天雪夜，沒有月光，星星也澹淡。它的來臨使人震撼，也使人驚惶。有一種漫步而來的綽約，以緩慢節奏，進入生命最燦爛點，也是最頹廢點，沒有一絲保留，像愛與死！

猶如一張昂首的臉，花容就是一世青春。然而此花與眾不同，它的才情志業極端隱密，因而選擇了寂靜無人的夜晚，至少，它不欲在白日與紅塵爭豔。園藝裡的種花人偏要奪天地造化，遂有所謂「晝夜顛倒」法，只要白天把曇花放在暗室，或用黑色塑料膜把花蕾包裹，晚上再用強烈燈光照射十小時，數天後曇花便會改在早晨綻放。然而這種人為操作，雖能逞一時之快，但逆天而為，非曇花本色，也非它的初衷。

它的步伐和黑夜一致，因而看花人必須有一顆聆聽的心，才會聽得到夜，及花開的聲音。那是緩慢與急促的定義弔詭，看似良夜未央，但轉眼又長夜將盡；明知曇花只有一夕，然今夕何夕，溫馨歡樂卻有似永無窮盡。這些都是一廂情願的生命錯覺，令人迷惘依戀。

它極端美麗，尤其在孤獨時，要在眾芳國裡遺世獨居，又是何等勇毅果決？然遁世容易，美麗極難。除了天賦麗質，還要如君子朝夕淬勵的品德人格。花開之夕，遂自有清雅幽香。香隨夜轉濃，瀰漫四周，有如昭告天下，在這一夜，全世界只有一種花香，為一個人。過了今夜，必須是另一朵花，另一種香，永遠沒有重複，像一段情，或一個名字。

它的性格極其剛烈，非常自我。它幽雅絕俗，除自信外，像對世界一種藐視挑戰。它不止有意逃避四周繁華，甚至鄙棄熱鬧，喜歡冷清。因而我感到，它的自信把自己帶向另一種無可救藥的自戀與寂寞，令人為之悲愴。

至於一夜盡情綻開無悔，卻又近乎櫻花性格了。東京上野公園不忍池附近許多吉野櫻，花期極短，綻放姿態卻極為狂放，轉眼嫣紅變為蒼白，有一種壯士捨身的悲涼，也帶美人遲暮的無奈，但每年花季有如轉世，無悔依然。

我隨即發覺，即使在短暫漆黑夜裡，它的笑容已日漸難以為繼，並帶著英雄疲憊。本來雪白如銀花瓣，光芒四濺，幾可灼傷人目，如今卻慢慢蒼白如紙，無復原來風采神韻。這一張臉，我想我最熟悉，最會為之傷心垂淚。那不止是物傷其類，更是命運中許多注定無法回轉與挽留。

四

遂轉身折回屋裡，時間剛好子夜，曇花仍盛開如夢，然有一種不忍感覺。生命何嘗不皆是如此？許多燦爛時光，有如曇花一現。花開剎那，如幻如夢，花不知自己在盛開，夢中人更不覺自己在幻夢。惟有夢醒花凋，方悉前塵過往。我知道今夜花會盡情怒放，正如黎明一定會接著來臨，但彼此之間並無因果。過往老師如此花過，今日我如此夢過，將來我的學生也一定會如此花過夢過。很快我們便一一走入夜裡，不是像曇花那樣選擇自己，而是無可奈何隨著時光流入過去。這就是歷史真相吧，它留下的一生紀錄，其實就是花與夜的爭輝。在喟嘆裡，想起狄倫・湯瑪斯（Dylan Thomas）那首寫給父親的詩，懇求他「不要柔順走入那良夜」（Do Not Go Gently Into That Goodnight），這豈不也是寫給子夜曇花嗎？

二度曇花

一

「看它們如此含苞，可得要留意喔，說不定這兩天就開。」家中的人輾轉相告，有如喜事將臨。兩朵小白花蕾的曇花忽地豐滿含苞，像雪白潔淨的臉龐，從青澀走入豔麗，即將舒顏綻笑。

因為剛剛錯過今夏第一朵綻開的曇花，與其說心中惋惜，倒不如說是懊惱悔恨。生命一些不能回轉的事物，錯過了，無法重新來過。就算再來過，也不是同一事物、或人、或情、或甚至今生。

曇花剛烈，世人善變。逝者永遠消失，生者重拾歡顏，只聞新人笑，不聞舊人哭。

因為世間真理仍是——繼續追求與拋棄心中欲與不欲，也就無所謂獲得與失落。心中要的實在比不要多，所有的不要，其實是在要中篩選出來。權衡之下，在獲得的滿足裡，便可補償那些要不到或放棄的失落。

曇花的耿介性格是群花異數。芸芸眾花中，孤獨成長，孤獨處世，孤獨綻放，而孤獨死亡。那種姿態，好像就是告訴自以為是的世界——孤獨是我放棄你們，而非為你們遺棄。是的，孤獨，但不寂寞，也不乞憐慰藉。

在孤獨裡成長，它的外型也不起眼，不過是一株翠綠熱帶仙人掌植物。葉子體態修長，綠蔭如雲，有如玉樹臨風，風姿綽約，但不輕狂。它沉實深綠，樸實端莊，與其他媚俗仙人掌家族相比，更像南部人一般憨直笨拙，甚至行藏舉止，因不甚世故，而常顯得羞赧慌亂。

人在孤獨裡處世，漫長歲月，也稍學會清淡如曇，因而看到世間許多牽扯。其中險惡莫如佔有之欲，心有愛欲，皆想佔有。佔欲一起，便恆追求，直至擁有為止。而此佔欲之念剛止，彼之另一佔欲之念又生，諸惡纏身，無有了期。佔有越多，越難擺脫。《伊索寓言》內有吃得太飽的狐狸一則，內裡說到有一隻飢餓的狐狸，在一棵大橡樹洞內找到牧羊人留下來的麵包和肉，便鑽入洞內把食物通通吃掉，因為吃得太飽，肚子脹大，沒法走出樹穴，無計可施之餘，大哭起來。另外有一隻狐狸路過，得知此事，便勸告說：不用擔心，在洞穴裡等身體消化食物後恢復原來大小，便可以出來。

當年在中國明朝傳教的利瑪竇，利用以上故事，改寫成藉門隙入屋偷雞的狐狸，成為一則宗教寓言。他說，世人生下來，就像出入在門隙一樣，空無所有。及至日後聚積財貨而富有，到將死時，人與聚積財富就像吃飽狐狸，再無法出入於生死門隙。為什麼不像聰明狐狸瘦身一樣，拆散財富，容易出入？

說得容易，做卻困難。世間牽扯不僅是財富，除了名利貪嗔以外，情痴煩惱，更是難捨，父母子女之痴難斷，知交知音之情也難捨棄。孤獨處世，其實已是難捨能捨，捨臏自己了。

二

說到曇花孤獨綻放，心中感觸更大。最近讀到一本詩集，年輕詩人沒有把自己照片附上封面摺頁或封底。代之竟是兩隻流浪貓玉照，那是神來之筆。看遍人間虛妄，蠅營狗苟後，倒覺得與貓狗相交，比與人來得直接真誠，至少，沒有人間虛偽語言作祟，一切非常坦然，也沒有猜忌、疑慮、詭思、善辯、設計、加罪、或譴責。

孤獨者的結論是：與貓狗交往猶勝與人交往，與貓狗交談猶勝與人交談。超越語言後，所有智慧認知，一切歸諸沉默。其實，沉默並不一定就是靜默（silence），它毋寧更接近於暫頓（pause），把要表達意思凝聚在某一無為的時空，而臻達更大的表達意義。

花無語，正是世間最美好的沉默語言。多年來愛花惜花，真想出一本花的詩集，以綻放曇花作為詩人照片。一朵午夜曇花可以說盡一生的豐盈孤獨，雖然一生只有一個夜晚。人一生裡，一夜自是急促短暫；曇花一生裡，一夜富饒漫長，每一分秒都在等待，發生，過去。每一分秒都是希望，失望，再希望，而產生過去、現在、與將來的意義。這豈不是生命所有及所能的全部演繹？短短一夜，豈也不就是「如露亦如電，如夢幻泡影」短促的人生縮影？

從成長到成熟，從含苞到綻放，它的步伐輕快急促。像一頭白色猛虎在黑夜叢林奔跑，四足濺起點點星光毫芒，令人想起布雷克（Blake）詩中名句：

Tiger, tiger, burning bright
In the forest of the night

句子抑揚頓挫，好像心房隨著韻律奔騰跳躍，而止於陽剛的押韻。其實如果讀慢一點，老虎是可以靜止的。它蹲伏在黑夜叢林裡，月光與星光灑滿一身，有如披著一襲鑲滿鑽石的華衣，一閃一閃，沒有聲息，只有光芒。也許，如果在萬籟皆寂的夜裡，細心聆聽，可以聽到老虎一呼一吸的氣息。

就像在沉默裡，聆聽晚霞的聲音、月升的聲音、星星的聲音、露降的聲音、花開的聲音。

在沉默裡孤獨綻開，這已經是曇花一生所能掌握的全部語言了，如果尚有言外之意，它會輕輕地，漫不經意，而又嚴肅的這麼說：一生中就是等待一種真摯悠久的感情，但它一直沒來，而且很虛幻。

它也會強烈的補上一句：一生裡如碰到那人，一定不會輕易錯過。

虛幻的感情，以及一生等待的那人，一直沒有出現。曇花急促綻放與萎謝，好像與一切無關宏旨，那人一直沒有出現，即使有反覆出現的、相似的、接近的，但永遠都不是。那人，永遠是一生的惟一，無法取代，亦無從妥協。等待，遂成為生命的終極意義，轉眼也就一生了，惟有期諸來世，生生世世，如曇花在季節裡輪迴。想起張洪量有一首叫「曇花」的歌：

著魔的瞬間　世界變好美
以為一直這樣會到永遠
愛你　這一切都是我自願
你像曇花一現
雪花般消失在我眼前
……
你明知道我還在迷戀
曇花一現的那夜。

三

不想在無奈中就此老去，但是人就是在無可奈何中慢慢衰老。惟有曇花拒絕蒼老，因為它選擇死亡。然而青春的流逝，在自然規律裡，形軀不斷蛻變，一切均在無可奈何中進行，就像雙掌掬水，水不斷從指縫中溜出，怎樣也留不住。

多年來最大的反諷竟是——心境依然年輕。雖然一路走來，風風雨雨，心情落寞。但年齡與心境，好像形神兩分，各不相連。

跟著許多探詢與驚惶，防禦或距離，許多格格不入之間，都在提醒世代鴻溝的寬闊。從新生代轉入中生代，再步入前行代，不過是瞬間之事。許多當年的風華絕代，轉眼已珠黃人老。彷彿領悟到曇花為何選擇一夜的生命觀，死亡並不可怕，可怕的是畏懼死亡的恐懼。如果捨不得生，生命永遠都是短暫，如果害怕死，則每天活著，有如在刑期裡等待處決的囚犯。

遂在二度曇花盛開的季節，決心與它廝守一夜。

有了期盼，夜便來得非常緩慢。時間的可怕無情，在於它的客觀性，隨著主觀存在而決定疾緩長短。歡樂時光永遠短暫，悲傷日子永遠漫長，等待永遠冗長緩慢，而一旦來臨，卻電光石火，挽留不住。

驀然相見，花已經開了。因為有月，夜顯得格外明亮寂靜，雖在夏夜，白光流轉有如霜降。一輪月色過去，群花盡偃，襲人而來一陣清香，從不知名處來，往不知名處去，這是曇花幽香氣質，有如君子獨行濁世。其實，觀看曇花已不是首次，不同心境帶來不同感受。今夜像是踐約而來，履行一個廝守諾言，儘管人心險詐，毀約者眾，守約者稀。

花無語而解語，以一種感遇之情，在沉默中緩慢綻放，聲息全無，輕微如手提金縷鞋，躡足前來私會的戀人。那麼怯然，而卻又非常果決。隨著月色，每一花瓣的舒展，都是一種承諾與履踐，不是對這世界，而是對自己的孤獨和抉擇。

它緩疾而有規律的綻放毫無保留，有點豁出去的意味，令人驚愕之餘，心生憐愛，好像既然短見輕生，也不必急在一時。然而也許與生俱來，曇花那種滄桑認知，好像飲一碗烈酒，一傾而盡，而不是淺斟低唱，也不想惆悵張惶在怨恨裡。西方稱這種辛酸為drinking to the lees，也許就是指飲盡葡萄酒底的苦澀殘渣吧。

它極端執著花開的節奏，花朵千瓣似雪，柔然舒展，像白色天鵝在湖邊唱牠最後的夜歌，一曲既終，歌盡鳥亡。好像所有執著努力，只為了這一夜——同時也是它一生——盡情自我傾訴。人的一生，花的一世，只有這一生一世；縱有來生來世，也是他生他世。不能再等待了，隨著香氣四處瀰漫，它更像一個吟遊詩人，飄泊無依，以詩的悲哀，征服生命的悲哀。它知道有人在窺視嗎？有人會憐惜嗎？就算知道，它也不會在乎，因為它知道這世紀在酣睡，花開花凋，沒有人會知道。多寫一首詩，少寫一首詩，也沒有人會在意。轉眼也就一生了，花的一生，人的一世，有如過眼雲煙，曇花一現。

曹溪謁六祖

一

他的臉龐像平常人一樣，莊稼般平凡樸實。赭色重漆塗遍全身，依然可以想像到廣東人那種黝黑膚色。臉部平坦豐滿，配著眼耳口鼻，雖然垂目，仍有一絲慈祥笑容，平常中自有不平常處，處處自然而然，天衣無縫，儼如一派宗師風範。個子雖不高大，碩壯身軀幾乎是可以肯定的，從山中拾柴小童到寺中舀米和尚，體力自幼操勞，然靈臺清澈，談吐虛懷若谷，但又單刀直入，直指根源，甚至機鋒中常帶隱喻文采，那又是另一番儒者風度了。

垂目無言，最是貼切不過。垂目，可以看得更遠，所謂「亦見亦不見」；無言，可以表達得更多，有點像南嶽懷讓見六祖時所回答的：「說似一物即不中。」這不是他畢生教誨嗎？可惜世人執迷，他無法不依然張目，以便眾人看得清楚。依然學人說話，以便眾人聆聽弦外之音，雖然，「萬法本自人興，一切經書因人說有」。

二

一進寺門，有一種熟悉的感覺，依稀如歸故里。那定是多少度的前世今生，曾在曹溪盤桓，並且得聆教誨。但又曾幾何時，前世未知今生，今生未辨來世。縱使執手相逢，也無法印證前因後果。當然時光迢遞，景移物換，許多舊時蹤跡，都似過眼雲煙，今日亭臺樓廓，不過是今人今物。往昔一切，如露如電，如夢幻泡影。

於是彷彿明白六祖保留真身的意義。當生命如幻如化，飛快流轉，歲月遞變，肉身如皮囊轉眼腐臭，六祖就曾立偈頌曰：「生來坐不臥，死去臥不坐。一具臭骨頭，何為立功課。」其實文革當年，真身亦遭殘損，幸已修復，金剛不壞之身終是虛無縹渺，但保留下來的形象軀體，卻能凝住時光，讓時間一直停留在唐貞觀年代。那是非常謙遜卑恭的日子，勤奮僧侶，像撐筏過河的人，雙足踏上彼岸，依然迴轉接引，苦修不輟，好像還有好長的路要走，好多的事要做。

寺現名南華寺，在韶州曹溪，今稱韶關，在廣東省北邊，已接近江西了。寺院佔地一萬多平方米，滿植楓樹及水松，一連七進，屬大型剎林。最早建於南北朝，據說天竺僧人智藥三藏來到曹溪，喜其山明水秀，更愛其貌似西天的寶林山，於是栽樹立碑，預言「後一百七十年，有肉身菩薩在此樹下開演上乘，渡無量眾」。他將具正法眼，以心傳心，心心相印，以後信徒皈依得道，如山林樹木之多。梁武帝天監三年（五〇四年）寺成，由武帝親自賜匾，名為寶林寺。後毀於隋代一場大火。

唐高宗儀鳳元年（六七六年），比預言晚了八十多年，六祖慧能在曹溪南華寺內智藥三藏從天竺帶來手植的菩提樹下，開壇受具足戒，並升壇說法，是為《壇經》之始。

自第一進的山門，入曹溪門，到二山門之間，偌大一座放生池，連接著山門與大雄寶殿。好像是說，從俗世到雷音，依然是眾生普渡的苦海無邊。放生池水混濁，然水榭亭閣，配合林木蒼鬱，頗有叢林寶剎的莊嚴。

大雄寶殿在第四進，供奉釋迦、藥師、阿彌陀三尊大佛，殿內四周佈滿彩塑五百羅漢、二十諸天，神態各異，繽紛七彩奪目。時值晚課，本地信徒參與誦念頗多。第五進為藏經閣，據聞藏有不少珍貴文物，除了浩帙經典外，還有隋唐時代鑄塑天女，北宋木雕羅漢，最稀罕的還有六祖本人的千佛袈裟、缽盂、甚至生前穿的芒鞋，以及年輕時繫在腰間舀米的墜腰石。藏經閣後有白色五層磚砌「靈照塔」一座，本為安放六祖真身。後來真身移入第六進的六祖殿，現今雖為旅遊景點，並未有太多遊客對六祖慧能有深刻認識。就以購物拜神見稱的臺港遊客，那天在寺內亦只懂在大雄寶殿叩拜，在六祖殿僅短暫逗留。

三

且說明朝萬曆年間，天主教耶穌會教士利瑪竇，有如達摩一葦渡江，迢迢千里自意大利羅馬，經熱那亞，從葡萄牙的里斯本，坐上靠風力行駛的大帆船，以半年時間航行到印度的臥亞。五年後，再從臥亞繞經麻六甲到澳門，航駛近兩個月之久。利子東來，先僧後儒，髡首袒肩，與羅明堅等其他傳教士自稱天竺國僧。人皆以番僧視之。甚至當時國人對西方地理一無所知，以為僧人多來自印度，尤其利氏在印度的臥亞住了五年，衣著打扮，行藏舉止，頗帶天竺風，因而產生佛教僧服及寺廟的附會與誤會。也引出一段利瑪竇「駐錫」韶州南華寺之趣事。前因後果頗為繁瑣，在此長話短說。

一五八九年，兩廣總督劉節齋安排利氏等人從廣東肇慶的「僊花寺」，乘船前往韶州曹溪的南華寺居住，「天竺西僧」遂與中土禪僧相遇，過程頗為曲折有趣。利氏本人的《利瑪竇書信集》、《中國傳教史》及羅光主教的《利瑪竇傳》均有記載，現摘記後者一段於下：

「抵南華，方丈出迎，導入客房，備齋飯。寒暄畢，方丈盛讚西僧大德，今承總督遣來，願以全寺相獻，希望能整頓清規，重興禪林。利瑪竇謙讓不已，答以身為遠客，暫借禪房。

劉節齋曾以利瑪竇自稱西僧，當然係佛門弟子，南華寺內便可棲身。南華寺僧人得到總督文書，想是遣派天竺僧人，來寺住持，作為本寺長老。見面相談以後，方丈聽利瑪竇自稱僅來作客，心中安定。後來引導利麥（錯按：麥指麥安東修士）兩人，參觀寺院，見兩人每過佛堂，並不頂禮膜拜，心以為異。」

以上一段描述有如戲劇情節，兩廣總督誤會西僧為天竺佛僧，遂遣派前來禪寺住持。禪寺方丈又敬又怕，怕者為官派之僧，敬者為來自西域天竺，有如禪宗始祖達摩。更見利瑪竇等人對佛像並未頂禮膜拜，心以為異；而禪宗卻早有呵佛罵祖之舉，更增聯想。及得見告僅來作客，心中大安，寺院產業遂得保存。

利瑪竇本人在一五八九年九月九日於韶州撰寫給駐澳門遠東視察員范禮安神父的書信裡（原文為葡萄牙文），亦有提及前往南華寺經過：

「在南華寺我們遇到官員的一位使者、方丈與其他主要的人員接待我們，這些人見我們時，很隆重地穿上他們的法衣，給我們打開所有的神堂神龕，真是不少，也指出何處有六祖的遺體，因為已知道我們吃了魚，我們不可以進去參觀的，只有守齋的人方許進去，而且那裡是六祖默想、祈禱以及不化肉體供奉之所。」

那麼利瑪竇並未見到六祖真身了。卻未盡然，因為在上述的《中國傳教史》內則另有載：「寺廟的管理員也把六祖的屍體讓利神父他們看。它是用發光的瀝青包裹著，這種藥物只有中國人知道。」然而，《傳教史》或《利學資料》除利瑪竇本人撰寫外，亦由另一傳教士金尼閣添寫而成，也未可盡信。

四

在六祖殿告知寺僧心原法師，早年在南加大曾講授《金剛經》及《六祖壇經》，甚至在東亞研究所與學生研讀《維摩詰經》後，得蒙改容相向，拍照的禁例隨而取消，還建議借宿一宵，有似掛搭。本來行旅天涯，一顆飄泊的心，無依無靠，隨遇而安，如能逗留，並得聆曹溪近年中興佛學，倒有點《壇經》所謂「逢懷則止，遇會則藏」之意。當然遠不能與慧能大師當年隱於懷集、四會兩地相提並論，但是斷章取義，碰到值得懷念的地方，還是應該留止下來。

在寺內四處盤桓，觀看可供數百僧人的大煮飯鍋，尋找庭園的菩提樹，一切均不過是一廂情願罷了。物是人非，千年以後，依然執著，依然依依不捨，不忍離去。想起當年韶州刺史韋璩，和一群善知識，經常圍繞著大師，恭聆教誨，相互問答。那一定有如古希臘雅典，柏拉圖在學園講演的盛況。

然而眾生執著，仍然疑惑於何謂功德、何謂西方淨土？於是有天在一個大型齋會後，刺史又再追問，單靠誦念阿彌陀佛，就能往生淨土嗎？

慧能答刺史，淨土在心中，心淨，即佛土淨。雖然世間人有兩種，有迷有悟，有姿質聰穎的人，也有見解遲鈍的人。聰穎的人自心清淨，去除邪惡之念，佛國淨土自在眼前，遲鈍的人就要一心持誦佛號了。這是阿彌陀佛的慈悲承諾，在《阿彌陀經》內祂這般說過，若善男女能持誦阿彌陀佛名號，一心不亂，「其人臨命終時，阿彌陀佛與諸聖眾現在其前……即得往生阿彌陀佛極樂國土」。

跟著慧能又問大眾，你們想我在剎那間，把西方佛土移到眼前讓你們一見嗎？眾人遂大感動，紛紛五體投地向大師頂禮膜拜。如能藉大師神通，不用往生便見極樂，那真是太好了。

於是大師開始解說：

「施主們啊！您們自己的肉身是一座城，心性是這座城的國王。眼、耳、鼻、舌、身，是五道感官的外城門。令人產生煩惱的意識是內城門。如果能夠維護心性，則不必外求於身外，自性醒覺就是佛，自性執迷就是眾生。

「如果能夠明白以上這個隱喻，那麼觀世音、大勢至、釋迦牟尼、阿彌陀等諸佛菩薩都不是遙不可及了。因為世間慈悲就是觀音，喜捨就是勢至，自性清淨就是釋迦，一視同仁普救眾生就是彌陀。那麼，佛和菩薩的名號只是一個更大隱喻，人人皆可踐達。

「相反，如果固執自己與外在的實有，那麼禍害便是一座大須彌山了。跟著邪念會如海水波浪不斷湧來，像在一個煩惱海洋裡，浮游著惡龍般狠毒的心。塵世種種牽扯勞碌、俗務無數，亦如海中數也不盡的魚鱉。

「但是如果能在自己心性上觀照內省，行善除我，修鍊覺醒，靈臺內外明澈，上述禍害悉皆消滅，則這種境界又何異於西方極樂世界？」

信眾聞說後，明心見性，咸皆歡喜讚嘆。

把心性視作色身的君王將帥，心靈就是肉體延伸，與西方基督教義非常相似。它們似乎同樣竭力闡釋一項道理，不要以偏概全，執著世間虛幻名相，要看到事物全面的象徵真相。聖保羅在〈哥林多前書〉第十二章，就有論門徒屬於基督，猶如四肢五官屬於身體一樣，他說：我們「都從一位聖靈受洗，成了一個身體，飲於一位聖靈。身子原不是一個肢體，乃是許多肢體。設若腳說：我不是手，所以不屬乎身子；他不能因此就不屬乎身子。設若耳說：我不是眼，所以不屬乎身子；他也不能因此就不屬乎身子。若全身是眼，從哪裡聽聲呢？若全身是耳，從哪裡聞味呢？神配搭這身子，總要肢體彼此相顧。你們就是基督的身子，並且各自作肢體」。

可惜利瑪竇並未看到這些相同點，卻與明朝名僧雲棲袾宏，在相異處互相詬病。殊不知徐光啟、李之藻、楊廷筠等人替他翻譯《聖經》內許多詞彙如「禮拜」、「天堂」……均來自佛經。利氏更不知道，另一四大名僧憨山德清後來在南華寺「擴復曹溪祖庭，晚年閉關念佛，晝夜課六萬聲，故坐逝後，二十餘年，開龕視之，全身不散，遂與六祖同留肉身」，就供養在利瑪竇曾參觀過的南華寺內，六祖真身的左邊。

五

沒有在寺中留宿，只有向六祖真身頂禮膜拜，像一個行腳僧人，也像美國詩人佛洛斯特在雪夜馬車暫駐林間的詩，那種趕路心情，在入夜前還有好幾哩路要趕，好幾哩路要趕。

靜靜的螢河——附詩〈螢火蟲之歌〉

一

地方是在馬來西亞的瓜拉雪蘭莪鎮，簡稱瓜雪，沿著雪蘭莪河流域的紅樹林及附近沼澤，形成一個獨特的螢火蟲生態區。據說螢火蟲選擇聚居繁殖的環境，必須包括鹹淡交流河水，以及清幽潔淨林木——那種馬來西亞人稱為 Berembang 樹的紅樹林。

時間是年底十二月，很接近聖誕節了。北美洲有所謂白色聖誕，就是指感恩節過後的連場大雪，到了聖誕，大地茫茫一片銀白，純潔無邪，一如聖子耶穌降世。馬來西亞沒有冬天，十二月的瓜雪鎮，名字晶瑩寒冷，本質依然是揮汗如雨的炎夏。

二

因為政府列為旅遊保護景點，除了維護生態環境，還設下了一連串觀光禁制。譬如電動船隻引擎極靜、禁用手電筒照射或相機拍照、禁止喧譁嘈雜、每人都要穿上救生衣。所有一切，無可厚非。遊客是一群身分曖昧的怪獸，在花錢共同參與的大前提下，忽地販夫走卒、頑童劣客、慈母敗兒、士農工商，大家同舟一命，人人生而平等。不加管制禁錮，隨時都會脫序。

三

船隻緩慢滑出碼頭，駛向夜裡。瞬間沒有人間語言、沒有聲音動作，實在太美妙。開始時什麼也沒看見或聽到，船駛向漆黑夜晚，有一種神祕，讓人感到黑色的溫柔，輕輕瀰漫在四周，像一塊天鵝絨，悄然擁抱，親切溫暖，一點也不令人寂寞。那是多年熟悉的孤獨感覺，幾乎已成為一生至愛。

有時船隻會慢下來，好像要在不驚動螢火蟲的大前提下，搜尋出最大的聚居螢林，以飽眾人眼福。船隻停停止止，飄飄泊泊，流流蕩蕩，無依無靠，慢慢把周圍人群、船底河水、岸邊紅樹林攏合在一起。螢火蟲在明，人隱藏在黑暗，像一個宇宙的偷窺者，把心融合在自然的脈動裡。原來在平常生活，一切以我觀物，一切倚賴著眼睛耳朵，同時亦限制於感官的有限訊息。遠一點就看不見了，或聽不到了。

看聽不到其實是幸福。它帶給感官以外神祕感覺和認知，許多人強調耳目認知，殊不知已限制在認知裡，而不知道認知之外，還有許多不足為外人道的未知。

四

即使如此，耳目還是慢慢開始騷動，隨著船隻劈開河水的聲音，晚潮湧動著船隻。有一些驚險曳動搖晃，令人會緊抓著船舷。遠處迷濛中好像有星光閃爍，真以為是星星從天空掉落在紅樹林裡，一閃一閃，慧黠的眼神；一爍一爍，貓瞌睡後睜開的眼睛。然而再想清楚一點，什麼也不是，那是螢火蟲在眨眼，是語意學裡的 signifier。

眨眼是人間一廂情願的演繹。據說螢火閃動是雄螢與雌螢的求偶訊號，那就更似媚眼流轉了。然而昆蟲世界比較直接，沒有虛偽試探，也無敗德指控。雄螢陽剛勃動，青春氣息，有如秋波流盼，雌螢歡然投懷，激起一陣陣流螢光譜，萬種風情。彼此互動，有如天空飛濺而下的流星雨。

在這麼一個夜晚，泛舟河流，意念神馳，想起席慕蓉多年前寫的一首〈在黑暗的河流上〉：

那滿漲的潮汐
是我胸懷中滿漲起來的愛意
怎樣美麗而又慌亂的夜晚啊

請原諒我不得不用歌聲
向俯視著我的星空輕輕呼喚

星群聚集的天空　總不如
坐在船首的你光華奪目
我幾乎要錯認也可以擁有靠近的幸福……

真的，看著遠處紅樹林，螢火蟲急促氣息的跳躍奔騰，充滿酡醉春之舞蹈，讓人意亂情迷，也「幾乎要錯認也可以擁有靠近的幸福」。船隻慢慢靠近林木，終於令人強烈感到，那種交合幾乎是需要想像的。全世界的同一夜晚，同時同刻，同一事件在進行。然而，有人孤獨，有人幸福。

那種黑夜裡一閃一閃的微弱生命光亮，好像是對抗永恆。也好像是唯有以世間有限愛的延續，才能證明給無限時間一種存在意義——終於來過愛過了，更難得的是，茫茫眾生，終於相逢碰著了。它是你的唯一，你也是它的唯一，沒有任何代替或妥協。據說螢火蟲的壽命只有兩、三個月，非常短暫。這不過是人類膚淺的看法，莊子的齊物觀裡，蜩鳩不知鯤鵬的大，朝生夕死的菌姑不知有日夜之長，季節的昆蟲不知有春秋之別。什麼才是長久，什麼才叫短暫？這種長短比較，不過有如朝三暮四快樂的猴子罷了。那年舛居客途的李白，月夜裡看到流螢，寫下〈擬古〉兩首，心裡感觸是頗為相似的：

　月色不可掃，客愁不可道。玉露生秋衣，流螢飛百草。

　日月終銷毀，天地同枯槁。蟪蛄啼青松，安見此樹老。

好像明白螢火光亮閃動的意旨了。它在告訴我們，所謂兩月、三月；或兩年、三年；甚至二十年、三十年，都只是人間歲月。昆蟲歲月裡，兩秒、三秒是一生，兩日、三日也是一世。

　群螢飛舞在紅樹林，熙來攘往，萬頭湧動，許多延遲及拖誤，許多錯過與誤會，彼此總是碰也不著。日子一天一天過去，歲月一年一年消逝，過盡千帆，總也不是。三千滔滔弱水，亦無一瓢可飲。許多時那種心情，像一匹獨行在曠野的狼，有牠傲然孤絕，也有牠背影拖著落日長長的荒涼疲憊。驀然看去，竟然發覺有人一直在紅樹林裡等待，沒有言語文字，只有一閃一閃的發亮光芒，從日暮到深夜，從深夜到天明。天可憐見，終於有如在亂世分別流竄的男女執手相逢了，恍如隔世驚呼後的哽咽與沉默，如夢如幻。再也不捨的擁抱，訴也不盡的往昔坎坷，抹也不完的眼角熱淚。

這大概就是流螢一夜騷動的內容吧。

船隻繼續向前駛去，一簇簇的紅樹林，隱藏著一個個不同的悲歡離合故事。如果能靜心觀看，一定會從一閃一閃的訊號裡，翻譯出螢火蟲族群的許多掌故。據說螢火蟲家族有一萬多種，也就是說，不同家族背景，不同訊息來源，不同求偶方式，不同愛情結局，產生出許多不同螢火蟲生與死的故事。

這就是黑夜紅樹林中璀燦光亮的語言。喜歡聖誕節的人，都會聯想為節慶樹上的燈飾。

船轉彎過去，驀然千燈齊亮，恍如岸邊萬家燈火，在靜靜的螢河。假如螢火躍動是一種嬉戲，那一定是孩童提著千百個小燈籠在河邊探照，齊唱著一首首夜河之歌，隨著歌聲節拍舞踊，螢火一閃一爍，一強一弱，一明一暗，一靜一動，一短一長。船隻靜駛向前，隨著船夫手勢看過去，有如從一市鎮抵達另一市鎮，那是另一種燈火，另一種節慶裝飾，另一批怨女痴男，另一批手持燈籠的快樂兒童。

五

流螢與童年，最容易使人聯想而印象鮮明的，當然是唐人杜牧那首〈秋夕〉：

銀燭秋光冷畫屏，輕羅小扇撲流螢；天階夜色涼如水，臥看牽牛織女星。

事隔幾十年，不止詩句猶能背誦，往事依然歷歷在目。那幢老房子的天階是用顏色四方階磚砌成，極其涼爽。在酷熱不堪的夏夜，僕人們會到老井打兩桶冰寒透澈的井水，把階磚拭揩乾淨。大人小孩們通通臥睡在天階上，一直到夜深露重，方始入房睡覺。無數夜晚，小城街燈迷濛，反顯得星光特別燦爛，仰看天象，群星有如流螢閃爍。雖然沒有流螢四起，羅扇撲逐，但鬼故事特別多，即使沒有瓜棚，也是魅影遍地，如在身後四邊，隨時攫人而逝。興奮而驚惶的小小心靈，欲聽又不敢聽，雙手掩著耳朵又漏出一些隙縫。

曾幾何時，今年夏天和友好們有緣重訪舊地，房子早已改建了，從前不明白不相信的，現在卻明白和相信了，又有何用？從前想要而不懂得要的，想珍惜而不懂珍惜的，現在又想要，或重新珍惜，又有何用？過去的人事不能召喚回來，失去的永遠失去。就連回憶，也充滿缺憾與追悔。時光的流逝，景物的移轉，一切均是不可挽留。也曾嘗試向身旁友好勾勒出的一些舊亭樓閣，但語言卻充滿無奈與薄弱無力。想起里爾克〈給奧菲厄斯十四行〉第廿三首內兩句詩：

We, too young often for what is old
And too old for what never happened.

是的，生命中許多錯過，正是人被錯置在誤植的時空後，一回頭，轉眼又大半生了。將來的機會越來越少，過去的距離越拖越長。真的不能再等待了，螢河兩岸閃閃銀光的螢火蟲，正是幸福的強調與保證，它們似乎不斷在呼喚——啊！不要再等了，只要尋找，並且為了去證明一種真摯的愛，一定會發見。無論在生命的早熟或遲暮，終必將會發生。

螢火蟲之歌

他們沿著靜靜的雪蘭莪河
乘船潛行
欲想偷窺螢火蟲的幽會
據說閃閃光亮
是求愛語言
並且雌雄有別
女性一秒三閃
男性一秒一閃
在陰盛陽衰的昆蟲世界
那是欲言又止的萬語千言
無數叮嚀中有一些悄悄話：
那人的出現像真相一般渺茫
生命如流螢瞬間消逝

趕——快——找——我
愛我，戀我，念我。
他們繼續前行
像水蛇流竄在雪蘭莪河
螢火蟲秋波流盼歡然投懷
芸芸人海裡
尋遍了千百度
那人依然飄泊闌珊
像帶髮修行者
一直在等待靈光一剎
沒有一種替代
沒有任何妥協
日子一天一天過去
終於在一個夜晚碰見了

還私訂終身
其他螢蟲紛紛趕來作證
並且三緘其口
把祝福寫在水裡
那是一首首螢火蟲的夜歌
以期待相逢點燃每晚的夕陽
不許落日！拒絕遲暮！
讓彼此的愛閃閃發亮
永遠相愛，相戀，相念。

節日

一

節日喜慶通常都藉儀式或吉祥裝飾來表達那種喜悅氣氛。今年春節買了三束劍蘭，同屬橘紅顏色。把它們同放在一只撇口西式水晶大花瓶裡，整個客廳陡然喜氣洋洋，好像透射進來的陽光都聚焦在這一大簇花朵上，看花的人臉上竟也反映酡紅，人面花面交相映照，極其豔麗。

碰到大簇插花，花瓶最好撇口闊大如反轉斗笠，一直縮窄瘦落瓶底。好的水晶花瓶，不但瓶身輕薄堅硬，收窄角度適中優雅，直落瓶底的厚重處，更是不可或缺，穩定瓶身整個格局。想起那年夏天盈盈在我處，看到家裡瓶瓶罐罐，就缺一只闊口大瓶，於是出外捎回這只水晶瓶。睹物思人，想起西雅圖一路走來，匆匆又是數十年光景，尤其近日報章披載一則古董店新聞，更是不勝唏噓。

劍蘭之為佳花，自是它那股靈秀之氣。它原名唐菖蒲，聞其名而幽然思古，其花曰劍，應是其葉如劍，中外皆同。西方稱此花為gladiola，即是來自拉丁字源gladius，為羅馬軍隊用之短佩劍。但是更貼切聯想，應該還是戰國的青銅劍。劍蘭葉莖細長，一泓青綠，如玉如瑩，但它不像劍身闊厚的春秋銅劍，而更像戰國晚期通長可達八十多公分的長刃薄格圓莖劍。

由劍蘭聯想入青銅劍，自然無法不想及臺北古越閣收藏。那年得覽王振華伉儷珍品，這才是文物鑑賞之道，百聞皆盡不如一見，有如劉勰《文心雕龍・知音》篇內所云：「操千曲而後曉聲，觀千劍而後識器。」

但是第一次看到身薄刃長的戰國劍，還是在鴻禧美術館飽覽龍泉青瓷後，因緣際會，隨研究員入光華商場內一間店號，得睹這類九〇年代一度湧現古董市場的長劍。因為劍身修長，保存極為不易。除非千百年來早為私人收藏，完整無缺。許多坑內出土，大都均已斷為數截。青銅劍發展入後期，劍刃薄長，大概一取其輕巧，二取其長刃兵器在貴族崇高地位。荊軻刺秦王，王險為其攜帶的長兵器所誤，就是戰國長劍。因此在實戰短兵交接裡，還是以長度四十多公分的春秋闊身銅劍來得紮實。

倒筆再述劍蘭。此花不止靈秀脫俗，其花蕾相繼綻放，極具人生哲學。初購花束，蓓蕾含苞待放，有如未涉世情，卻已初識人事。及至花蕾由下而上，成串先後怒開，卻又是催人歲月，一邊是今日花好月圓，另一邊是花凋昨日不堪回首了。然而人生自是如此，既擋不住今日來臨，亦挽留不住昨日離去。一枝枝華枝春滿的劍蘭，正是生命光輝燦爛的最好透視與見證。看到滿瓶花朵競豔，一片嫣紅，在春日透照陽光裡，自有一種不負此生的感覺。

花開今朝，花凋昨日，張愛玲有短篇〈花凋〉，說的正是當初黠麗一如〈魂歸離恨天〉作者愛米麗．勃朗蒂的鄭川嫦，因為患了肺病，慢慢凋萎，很不甘心一寸一寸地死去。然而寫中秋節日，習醫的章雲藩，也是川嫦父母心目中的準女婿，來到鄭家吃晚飯的一段寫得極好，盡得張派神韻。已快成破落戶的鄭家，就連那幾隻又老又懶，生癬脫毛的大黃狗，攔門躺著，被描寫成「乍看就彷彿是一塊舊的棕毛毯」。至於章雲藩醫生那種說話緩慢謹慎，一字一足印神態，亦比擬在隆重宴會吃洋棗子吐棗核，真是入木三分。

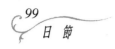

二

據說把劍蘭放入花瓶前，必須把在花枝末端的蓓蕾捏去，這樣才花枝盡情滿綻，有如一枝獨秀紅梅，枝上每朵花都是一張花容，貼在枝幹上。不禁想起龐德 (Ezra Pound) 那首只有兩行，早已成為現代經典的意象詩：

地　鐵

人群中一張張魅影的臉孔
濕黝枝幹上片片花瓣

(The apparition of these faces in the crowd
Petals on a wet, black bough.)

龐德描述的正是一節節坐在地鐵車廂內的乘客，從月臺遠遠望過去，車廂窗口內一張張模糊臉龐，就像一連串花朵黏在黑色車廂般的枝幹上。這豈不也是劍蘭的寫照嗎？只不過顏色鮮豔美麗得多了，那是如花美眷的嫣紅奼紫，附在翠青碧綠、玉肌冰潔般的枝幹上。

捏掉花尖，天從人願，大部份花蕾都開到荼蘼。春節期間，非常應景。今年空寂，心情落寞，不想做魯迅筆下的呂緯甫，約幾個門生舊友在家守歲，在紹興與白酒錯觥間，竟也有了歲晚氣氛。杯酒言歡之餘，說著說著，不知誰冒了一句：「導演仍在就好了。」

其實他走後，每年新曆一月中旬，都會驅車到玫瑰崗墓園一轉。剛巧時節就在聖誕新年過後不久，放眼過去，滿山如海浪起伏，都是拜祭留下來的鮮花與聖誕紅。那真是綠草如茵，萬紫千紅般的海上花啊！也會想起那年彈琴唱歌的表情，有人唱到那句「是這般奇情的你，粉碎我的夢想，彷彿在水面泡沫的短暫光亮，是我的一生」便面色酡紅唱不下去了。那些年代有他在，所有聚會皆為生色。他走後，轉眼六年如彈指，懷念歸諸懷念，失落依舊是失落。

那天重看勝新太郎演盲俠「座頭市地獄旅」，覺得日本影片對三一律前後呼應，影響他從「龍門客棧」以降電影是絕對極端深遠的。

聖誕紅漫山遍野，如一堆堆燃燒的火炬。那年在臺北，跟尉天驄到善導寺把唐文標的灰甕請出來，蠟燭一對，清香三枝，三鞠躬後，老友相對無言。據說尉老師每年均到此一訪，但臺北文化落得這般田地，相對何止無言，淚下千行也是無用。死者固是萬事成空，生者卻是情何以堪。

今年也不例外，但卻多添了亡妹一處墓塚。薄暮時分，與年邁母親過訪，更添傷戚。不遠處是導演安息處，也算近鄰，這是塵世看法。將來大家先後加入行列，在死亡的大網，沒有一尾漏網之魚。只是死者已矣，生者長戚，車過處，到處都是悲戚的人。有人坐在小凳椅上伴看黃昏，有人神色惘然，好像要憑記憶捕捉回一點那些永不會回來的，有人相擁而泣，有人依依不捨。

又有何用？生死之間的鴻溝是一種「斷截」(severance)。一旦發生，便代表著一種永不回頭的永遠。永遠不再見到，永遠不再聽到，永遠不再感到，像日與夜，永遠也不碰到。流血可以停止，傷口可以痊癒，弦鬆了可以拉緊，失落的可以找回。但是永遠的斷截，就是永遠斷截，不可以重續。因此世間悲痛，莫過於生離與死別。

可是許多死者的生前誤會，存活的人仍無法消解。其實那是生人執著，在塵網牽扯，無法自拔於一些瑣褻、憤懣、嫉忌、不安、仇恨與無奈。《舊約．約伯記》第七章，說的正是人的勞苦，約伯感慨說：

「人在世上豈無爭戰麼？他的日子不像雇工人的日子麼？像奴僕切慕黑影，像雇工人盼望工價。我也照樣經過困苦的日月，夜間的疲乏為我而定。我躺臥的時候便說：我何時起來，黑夜就過去呢？我盡是反來覆去，直到天亮。我的肉體以蟲子和塵土為衣；我的皮膚才收了口又重新破裂。我的日子比梭更快，都消耗在無指望之中。」

即使如此，世間的人依然執迷不悟，以為日子永無窮盡，永遠牽扯在無限的愛恨情仇。

三

然而眾生有情，緣起緣滅，皆有不捨。因而「斷截」十分殘忍，它冷漠地把存在變成不存在，有變成無，現實轉為虛幻。

不似種植在泥土的花卉，截枝養在水瓶的劍蘭花期甚短，不超過七日，一旦繁華落盡，便需棄置。如此一切美麗花容頓成追憶，好像花開花落，人去樓空。

那是另一個早晨，把花棄置在垃圾桶內，知道不久垃圾車會來，便收去垃圾場，燃燒或腐爛，一切將變成塵土。永遠沒有這一束花，或這束花的過往，除非惜花人留在記憶裡。

其實垃圾桶不遠的核桃林，就埋藏著一隻野兔。牠的出現與消逝，非常偶然。也許是疾病或寒冬，牠倒斃在清晨燦爛陽光下，顯得頗為突兀與不合時宜。好像身為一隻兔子，理應奔走如飛，逃避犬隻追逐，或是身手敏捷，躲躲藏藏，有時呆若木雞，一動不動，皮毛的掩護色讓人錯眼以為是叢木或泥土。有時卻東竄西躍，視群犬如無物。

可是一切都不是，牠是一隻死兔。一切活生生過往，以及過往聯想與牠無關。一旦死亡發生，便是一種「斷截」，與兔子一切屬性 (attributes) 隔離，也不再擁有兔子身分。

拿鏟子在核桃林挖一個深洞，把野兔掩埋了。新翻的泥土不久就會長出青草，和附近草叢相接，遠看處一片碧綠，誰也不知道地下曾埋著野兔，或是小鸚鵡。

四

因此做了一個決定，在耶誕節日造訪北加州一個從前種植葡萄與玫瑰的小鎮，現在卻喧賓奪主被人認同為羅倫士・利物摩實驗室（Lawrence Livermore National Laboratory）的所在地。

其實利物摩是小鎮名字，羅倫士就是五〇年代大名鼎鼎的原子科學家，諾貝爾獎得主的 E. O. Lawrence。自從蘇俄一九四九年引爆原子彈後，美國與西方國家恐慌之餘，決定急起直追，以平衡一、二世界的武力均勢。羅倫士原為加大柏克萊分校教授以及加州放射實驗室創始人，遂聯同新墨西哥州 Los Alamos 原子武器實驗室的科學家，在利物摩創立了叱吒風雲的利物摩實驗室。羅氏去世後，正式命名為「羅倫士・利物摩實驗室」。二〇〇二年，剛巧是實驗室成立五十週年紀念。

對利物摩的感情連繫，其實是女兒的關係，那是她公公工作的地方，但卻在一次心臟病發時棄世了。雖然兩家人早有往來，但從未和他相會，心裡總有一個願望，想結識這個人。他不在了，也想造訪他居住及工作大半生的小鎮。大家同屬戰後嬰兒潮，艱辛苦學成功的一代，走過的路，從唸書、結婚、就業、安居、養子育女，幾乎一致，而且據說還有收藏癖好。

就是因為斷截，許多事情無法完美。一旦離開塵世，他的名字僅代表著一種紀錄，或一個記號，其他就是遺留給別人的回憶，以及許許多多曾經的擁有。想到如此，生命陡然無比虛無，但也無可奈何，無論願或不願，捨或不捨，它是生命必然的定律。

於是這次造訪有如一種踐約，企圖在另一種接觸裡，重新建構出對那人的認識。然而氣氛畢竟是微帶辛酸與蒼涼的，一進玄關，無論如此歡迎擁抱，總覺缺了一個屋中主人。迎面掛著一幅葡萄園版畫，敘述早年幾個酒商大戶如 Charles Wetmore 在長白峰 (Cresta Blanca) 種植葡萄與果園。轉角處放著一張殖民時期的橡木餐桌，八張木椅，完整一套古董家具，那是一項頗具品味的成功搜購，因為殖民時期家具充斥古董市場，要找到佳質木材而風格高雅完整的全套餐桌椅，也不容易。

他看來是有歷史癖的人，除了對美國歷史，還追溯到不列顛文化源頭。客廳有六幅英國畫鳥名家古德 (John Gould) 的石版畫，其中就有四幅出自得意傑作蜂鳥家族 (Family of Humming Birds)。他所畫鳥類，顏色鮮豔，線條細膩，就連配景的花果樹木也一絲不苟，確是大家，毫不稍遜奧道邦 (Audubon)。古德從未入大學，但因為出身於鳥獸皮革標本製作專業，所以對各類鳥獸特徵甚有心得。及至從事繪鳥，更得心應手，纖毫畢現，另有一種神韻，有似中國工筆花鳥，極其難得。

一般房子壁爐上懸掛畫作，大概都是主人足以炫耀的收藏。這家壁爐掛有一幅美國十九世紀早期著名鐫版畫家鍾斯 (Alfred Jones) 的「火星四濺」(Sparking)，也算難得了。鍾斯生長於英國利物浦，二十歲移居紐約時即以素描名震藝壇，獲取國家設計學院年度首獎。後回歐洲，再度返美已名膺國家設計學院院士。他專攻鐫版 (engraving)，其精細技術線條曾多年為政府設計鈔票印行。「火星四濺」為其早期著名鋼版畫，創作時年僅廿五歲，取畫家 F. W. Edmonds 一幅圍爐取暖畫作，爐火有火星四濺。把它掛在壁爐旁，十分得體。

看來他對東方藝術也有興趣，因為壁櫥放著幾只康熙民窯百戲青花小瓷碟，一隻青花大盤，大概是南方廣瓷，還有一套晚清民國外銷茶杯碟。如果及早起步，對東方瓷器追求一如西方那般熱烈，則現今收藏自是不可同日而語。

但是世間的如果太多，西方就乾脆稱之為沒有答案的「虛擬問題」(hypothetical question)。是的，如果我們早點知道，如果什麼什麼，一切便不一樣。但我們經常永遠都不知道，就算知道了，好像總也晚了一步。

開車去實驗室轉了一圈，也就知道他每天上班路線及時間，再取葡萄園路徑回來，路邊冷落，行人稀薄，節日喜慶人們大都圍聚在家裡，反倒顯得市鎮蕭條。幾家歡樂幾家愁，有人團圓，有人離散，就像葡萄園的榮枯，據說加州製酒業開始衰退，葡萄產量供過於求。預估只有名牌酒廠及有口碑的釀酒人才能生存下來。

食蓮人

一

二〇〇三年春天，從香港倉促返美，頗有兵荒馬亂、落荒而逃之感。那是非典型肺炎肆虐，每日感染者數十起，相繼死亡日有遞增。在一種瘟疫恐懼中生存，猶如另一種恐怖主義，隱形病毒像狠毒殺手，藏身在周圍，準備侵襲，不知有多近、或多遠，或甚至就迫近眉睫？一瞬間，古人災禍無常的觀念充塞在腦海，四周現實看來又是那麼寧靜安全，人們生活作息，除了加多一層口罩外，一如往昔，只有每日報章電視提供的統計資料，令人觸目驚心。

那是一種體驗。生與死，猶似日與夜，循環不息，不斷在觸動、發作、轉復、遞變。

你可以正目而視，也可以轉身而逃，它都無動於衷。疫症加速運轉，生的恐懼，死的逃躲，卻是不移事實。

回來後，按部就班卸清行囊，調整時差，處理堆積數月郵件。其中有一封陌生信件，拆開來看，赫然開首一段——「我是張菱舲的小妹妹，姐姐不幸於上週二早上去世。姐姐一生出了三本書，《紫浪》，《聽聽那寂靜》，及《琴夜》……」。

張菱舲是誰？現在很多人都不知道了。如果說她是張鐵君的女兒，也許知道的人亦不多。關心六〇年代臺灣文壇的人當會記得文星書店的「文星叢刊」，袖珍版本新穎，印刷精美，名家輩出，堪為出版界典範。《紫浪》就是叢刊其中一本散文集，為臺灣當年現代散文唯美風格的代表作。

我在政大唸書時，她已在《中華日報》副刊擔任執行編輯，並且是藝文活動的專訪記者。當時「華副」為報業文藝副刊佼佼者，推動現代詩不遺餘力，幾乎每日都有詩作推出，和其他各報相比，頗為特色。菱舲在副刊擔綱，更對文學藝術，尤其畫壇推廣報導，居功至偉，當年許多畫家的動態特寫，均出自她手。由於文字優美，藝術氣息濃厚，讀來有如一篇篇抒情散文。

而和菱舲相識甚屬偶然。我有一篇在香港發表的稿子被人抄襲，改投「華副」刊出，結果為當時住在木柵的詩人李莎所悉。所謂無巧不成書，本來這種抄襲極難被發現，怎知偏偏又給以前曾經讀過這篇文章的李莎看到，偏偏李莎又認識我。結果就在李莎耳提面授之下，我寫了一封揭發信給「華副」，又附上另一篇散文（據李莎云百分百均會刊用）。

一切皆如所料，抄襲者被揭發，散文被刊用。沒有料到的是菱舲給我的來信，以及相識後交往。又因她和當時在政大新聞系的林懷民認識，我和懷民本來相熟，於是便成了當時一個遊玩小圈子。林懷民大器早成，已是《皇冠》雜誌的「基本作家」。有年四月晚上，「皇冠」舉辦一次讀作者營火文娛活動，在臺北近郊一個叫「情人谷」的地方。雖然至今仍未弄清楚在哪兒，好像是新店碧潭附近。但記得那晚隨菱舲、懷民參加盛會，十分興奮溫馨。菱舲後來有散文〈那夜在谷底燃燒〉記述其事，極盡淒美，與她另一篇經典散文〈待月草〉收在上海文藝出版社的《中國新文學大系 1949–1976》「散文卷二」內。〈那夜〉一文內有下面兩段：

給我遺忘，給我憂鬱，給我詩情，啊，月光。屬於你的逃亡夜也屬於我，異鄉人。

沒有一樣屬於記憶的曾在今夜復活，復活節的夜晚屬於復活情人谷的情人們，不屬於將泥濘的記憶拋入野火燃燒的異鄉人；情人們的國土上，我也是野火旁一個默默佇足的異鄉人。

今晚，如靈魂在此觸撞在此碎裂，如今夜碎塑為一段神話的淒美，啊，是否能再給我一次，再給我一次那夜的貝殼，那夜我們聽貝殼裡愛琴海柔柔的潮音？

由此可見其文風淒迷婉轉，美豔絕倫之一斑。我寫這篇悼文恰好又在復活節期間，世間惟有聖子耶穌死而復活，其他諸人有如江水奔流，一去不再復返，思之憮然。

二

其實替我第一本詩集《過渡》寫序的就是張菱舲，至今仍心中銘感。說起來，我的第一本散文集及詩集出版，都有她的助力。記得大三那年把文稿編好，想出一本散文集。對一個剛出道的年輕作者，真是談何容易。幸喜有她引介，把我帶到段宏俊先生開辦的自由太平洋出版社。我在臺灣出版的第一本書，就是段先生那兒出的《第三季》散文集。

大四編好詩集《過渡》，由我與王潤華、林綠等人創辦的「星座詩社」出版，等於自費。由於經費無著，也是菱舲帶我去找陳紀瀅老先生。陳先生那時已是高年，二話不說，炎熱的臺北下午，就在那幢日式房子書房內，佝僂著身子，戴著厚厚近視眼鏡，非常認真地馬上動筆，給我寫一封申請經費補助的推薦信。我站在陳先生背後，未發一語，熱淚盈眶。陳先生不認識我，由於認識菱舲而相信我，他如此對我，給了我一個很大的啟示。今天陳先生如何對我，將來我就如此對待來找我的年輕詩人。

紀瀅先生寫信前，曾把詩稿翻了一遍，給我提起在英國的 Stephen Spender，並且道及文人生活的艱苦。他一半是感嘆無奈，一半是語重心長。他大概沒想到眼前這即將大學畢業的年輕人，早已把文學與詩，當作一生志業。

菱舲替我寫的代序不長，篇名叫〈食蓮〉，襲用荷馬史詩〈奧德賽〉流浪海上十年，始得返抵家園的典故，道出對過往憶取與遺忘的種種無奈。奧德賽斯與水手們曾浪遊到一島嶼，到處遍植令人酖迷的蓮花，食後可以遺忘過往。水手們喫後就不想家，也就不用回家了。大四正是申請出國留學如火如荼之時，詩集又名《過渡》，其去國離心可知。

菱舲心思透澈玲瓏，自有不捨之意，卻也無奈。那時想的大概是長居在臺的她，好友們紛紛出國，不知何日才會回來。她自己總沒想到，後來也來了美國，也成為一個食蓮人，並且客死紐約。

其實寫得最好的「食蓮人」，是英國詩人丁尼生那首"Lotus-Eaters"。菱舲在序中開首是這樣寫的：

就那樣涉過昨夜的荒涼，涉過兩年半前他踏過我天天踏過的街道，不曾迷路，不曾說再見。他只是告訴我，詩人會回來。

詩人回來時，你已經走了。

於是，有的兩年半就兩年半，有的是光年，有的卻是永遠。

那座花崗岩像，有日終將完成。

那時，我已死，你栗色長髮的詩靈亦已老去。五十年後。

早年臺灣西方現代主義思潮泛濫，好談虛無與死亡。那時我們最愛讀紀德（Andre Gide），並且經常引用《地糧》內名句，譬如：「啊！奈帶奈藹，生命中的最小瞬間比死還強，而否認著死。」菱舲亦不例外，上面一段的「他」與「詩人」都是另有所指，倒是那個「你」真的是指我，「粟色長髮的詩靈」指後來成為我妻的慰理。

但是我一直未明白為何五十年，大概那時才二十歲出頭的我們，五十年後是一段很長的日子吧。

三

她那句話雖不算一語成讖，但自我離臺後，便沒有再在臺北見到張菱舲。在紐約再見到她時，屈指一算，分隔足有三十多年了。三十年是一段很長的時間，但很多人過中年的我們都會同意，亦不過瞬間。在這三十年中，也曾多次到過紐約，也曾嘗試找尋菱舲下落，但總落空。那一段時光，好像她飄忽在世界邊緣，只想見她要見的人，做她喜歡做的事。一直等到王鼎鈞先生告知曾碰見她之事，我才停止尋找。

一直等到二〇〇一年七月，我和焦桐、陳義芝、許悔之等詩人（可惜席慕蓉抱恙未能同來）連袂訪問紐約，並且在紐文中心做英譯詩歌朗誦及座談。愁予遠自耶魯前來主持，當日高朋滿座，包括馬克任先生、李渝、章緣……等人。

這些人都是舊識，活動未開始時，我禮貌地互相寒暄。驀然一個長髮短裙女子朝我走來，連名帶姓喊出我的本來名字，並詢問我能否認出她是誰？

這是我經常陷入的窘境，我對名字有過目不忘的本領，對容貌辨識卻如雁過長空，水過無痕。經常認識對方後，事後對方形像，一點印象都沒有。常而平白引出許多誤會，甚至有人以為出自傲態，故意不相認，其實是真的不認得。

她也看出我的窘態，遂有點不忍心，也像以前做大姐姐那種架勢般，給我這小弟解圍，說，「我就是張菱舲呀！」

想不到執手相逢在紐約。真是恍如隔世，百感交集，許多回憶一下子湧上心頭來，像狂飲一杯烈酒，辛辣之餘，酩酊緩慢舒發出來，一半清醒，一半昏沉。然而那又不是一個很好的相逢場合，馬上節目便要開始，也無法如何敘舊。

而我又是一個辦事講求效率，意志集中的人，但那天下午，有如精神分裂，現在的我不斷奔向從前的我。從前的我早已支離破碎，不斷抗拒重新組合，甚至排斥這種潛行回奔動作。另一方面，現在的我又是另一張面具與身分，必須按照著活動安排及聽眾期待下，粉墨登場。我甚至很想立即轉頭告訴焦桐，張菱舲是誰，以及一段木柵的日子。雖然焦桐就住在木柵，但時過境遷，他是不會知道的。

菱舲始終在座中聆聽，我知道她是特地跑出來看我的。一生重情重義的我，自有一份感動激越。但是千言萬語，不知從何說起，她不是從前的她，我也再不是以前的我，甚至筆名都改了。彼此各自的滄桑，彼此各自的無奈，彼此各自最後歸諸一聲長長的喟嘆。我想既然我能了解，她一定同樣也會明白。

大概就是「同是天涯淪落人」的意思吧。

四

回洛杉磯後寄了一本詩集給她。跟著收到她的回信及很多影印剪報，都是她從前發表的作品，情意真摯，足見多年來，年華逝水，心尚年輕。有些文章道出早年在美國東岸的生活情況，一些紐約蘇荷區臺北畫家們的逸事，信手拈來，皆是好文章，不愧是行家本色。然而九六年一首短詩〈遲暮〉，已隱約顯露出美人心情：

有如老去的春天
在風裡揮灑那樣的原因
訊息猶豫
只顯示一個不快樂的故事
像病懨的人躺於
黃昏
播散一瞬驚悸的繽紛
在微恙的午後時分

讀她的信，熟悉的筆跡，大號龍飛鳳舞字體，一下子又把我扯回當初在臺通訊的情境。記得有回，她去橫貫公路出差，來信附一塊石頭，告知那兒石頭是帶甜味的。我一直不敢嘗試，也不知是真是假。但我心裡一直相信那是真的，因為我是那麼地信賴、尊敬、和愛護她，因而那甜味一直留存到今日。

鶺鴒之歌

一、築居

第一星期。

與其說作啣泥，不如說作結草更為恰當。開始時是漫不經意般把枯草細枝，堆積成窩。偶爾有幾根草莖隨風飄墜，方才發覺，樑上小居，已有大成。

徵兆畢竟非常輕微，因行藏極為小心謹慎。只偶有人路過屋簷，方會發見驚飛撲翅的飛鳥。那是一雙鶺鴒，毛色極為淨亮，灰藍的背部，白色微帶赭黃的胸脯，還有族類標誌般黑斑點，疏落有致。

看來還是男女有別。公鳥極有英氣，眼神中有一種驃悍，喙部稍彎，像一把小型水手刀，而且尖銳。也不怎樣驚恐，在屋瓦停佇，像保護主義者的一枚徽章。有時眼神四周遠眺，如望遠鏡瀏覽，凡掃瞄過處，皆是警戒領域。其實鵲鴝雖屬中型鳥，個子不大而秀俊纖弱，尤以個性而言，比起鷹鷲桀酷冷血，牠明顯隸屬馴良鳥類，但是因為妻子臨盆，以保護者強悍姿態挺身而出，卻也義無反顧。

也許是主觀先入為主，母鳥嫻靜溫文，赭黃胸部掩蓋的毛色，極為豐腴白淨。她長得秀氣，不僅體型較公鳥纖瘦，舉止之間，亦自帶一種女性嫵媚。然而在勞動方面，又是非常分工勤奮。每次公鳥啣草而來，她都負責坐墊成圈。那其實是一個非常粗糙的臨時蝸居，粗枝大葉，褊狹處僅是一鳥容身，尤其鵲鴝體積本就比麻雀大，轉身時更顯捉襟見肘。但神色之間是一首輕快旋律小調，一對小夫妻，挑柴擔水，有甜蜜在瀰漫，即使柴米夫妻，也是幸福小天地。

二、孵化

第二星期。

不知何時她開始一動不動，眼睛一眨也不眨，如一尊石像。緩慢中讓人感到，那是母性忍耐，極為堅持，並且無怨無悔。以鳥類而言，雖是短短兩星期孵化期，卻有如人類十月懷胎般累贅不便。

閣樓窗戶對開便是鳥巢，只要關闔上窗，沒有聲音，人鳥相安無事。有時在暗裡與她四目相對，覺得眼神極為清澈。黝黑眼珠有一種光亮，像星星閃爍，或一泓秋水般寧靜。她遙望遠處，不知在期待、在想什麼？也許什麼也不是，每一天都是尋常女子，尋常日子，柴米油鹽醬醋茶。也許有一首母親的前奏曲，旋律在體內流動。

她一定感到腹底生命跳躍呼喚，那是千古默契，繁殖延續，在於彼此渴切呼喚，母尋女，子喚娘，雙方相隔著遙遠兩極，走向一個相聚及發生點。

一個在殼裡渾沌未開，懵懂昏睡。另一個竭力催促——以母親的溫暖、慈愛、和呵護。

自從母鳥坐巢閉關，公鳥便甚少來訪。除了早先嘴喙啣著一兩根候補稻草，稍作點綴，第二、三星期幾乎絕跡不見。時日已久，幾以為鳥類同樣有負心漢子，在外流連，樂極忘返。然母鳥不為所動，不飲不食，像風化石。一直到第三星期，發現坐姿改變，方才知道原來公鳥已經飛返，並暫代孵坐，直至母鳥回巢為止。也許空間侷促，只容一鳥之身，每逢母鳥餓渴難熬，出外覓食，公鳥便越俎代庖，雌雄交替。原來他一直就在暗處守護，從來未離開過。

也就解釋母鳥為何如此從容，她一直都知道他就在附近。那種信任依賴，是一種認定執著，好像他就是唯一，沒有任何代替，也沒有任何猶豫、選擇或捨棄餘地。他的存在，是因為她心中存有。如果有天心中不再存有，他便不存在。

他每次出現非常短暫，唯一讓人知道飛返降臨，就是巢內坐姿與母鳥方向相反。也許身軀壯碩，斗室容身，侷促難安之餘，輾轉反側，不斷改變坐姿，以擴展舒適空間，一等母鳥飛返，便立即撤離，好像任務只是接替。一旦接替完畢，便全身而退，躲回山林。驟眼看來，好像永遠是一鳥在巢。

三、歡顏

第四星期。

看似不眠不休，不動神色，其實母鳥已知兩隻幼雛在腹底，早已破殼而出。但一切必須暗中在襁褓下完成，尤其江湖險惡，敵人環伺左右，弱肉強食，許多惡鳥，必欲啖食幼雛而甘心。公鳥尚未飛返，像一個單親家庭，母鳥兼職如嚴父慈母，除了挺身護衛，牝雞司晨，還有對幼兒日夜照顧，棉乾絮濕，清理餵食。

其實幼雛並不懂如何進食，牠們一直依賴舐吮蛋殼稠液。那些一度有如胎盤孵育胚胎的液體，如今依然滋補可食。母鳥神色明顯鬆弛下來，羽毛看來更為蓬鬆柔軟。在鳥窩裡，好像有一首溫馨搖籃歌，藍天白雲下搖著搖著，搖出一條小河，小河流著流著，流出一葉小舟。小舟盪漾盪漾，耳邊響起了母親輕哼的催眠曲，咕咕，咕咕，咕咕咕，鷓鴣，鷓鴣鴣。小鳥們醒了又睡，睡了又醒，最後又眼皮沉重地慢慢睡去。

公鳥終於飛返，神情愉悅佇立樑間，好像向世界驕傲宣示，這是模範家庭。鷓鴣是可愛鳥類，不煩言，不瑣屑，不似麻雀整日聒噪。有時牠啁嘶呼喚，也不過咕嚧兩聲，微言大義，言有盡而意無窮。這對小夫妻其實早就是庭院常客，每日清晨，油加利樹散發薰衣草氣味，隔夜露水聚濕臺階，野兔飽食遠逸，懶惰松鼠在樹叢熟睡，牠們便已在地面勤奮覓食。

鷓鴣是少數飛翔又喜步行的鳥類，散步時間，多在晨曦與夕暮早晚。唯一令人失笑的是牠們蹣跚俯身行走的笨拙步姿，東捅西摳，南挑北選，如大宅門姑娌成群，嘮嘮叨叨，有時原地打轉，有時去而復回。

母兒三鳥同巢一命，不久已開始見到幼鳥伸頭探腦，大圓眼睛，清澈眼神，溜滴滴如黑夜寒星的眼珠，一如乃母。牠們毛色鐵灰，蓬鬆雜亂，大概未懂剔理，未若父母精純。額頭前面一撮白毛，極其俏皮。

小鳥成長極快，數日之間，毛羽漸豐，與當日在母鳥翅翼下的啾啾幼雛，已迥然兩異。公鳥來回巡佇，母鳥眼神凝睇關愛，初夏陽光灑滿一地，鳶尾草燦爛盛開，鵝黃與淡紫色花瓣，有如翩翩蛺蝶。一切非常壯美，那是一闋 allegro 節奏輕快的進行曲。

四、空巢

因為小鳥越大，空間越少，母鳥早已退居一隅，兩隻小鳥儼如巢中主角。而更多時間母鳥開始飛離，與公鳥重新嬉玩於林木花叢，甚至有了更遠更久的飛翔。終於一日，小鳥撲落地面，因為體質尚弱，雙足無法支撐沉重身軀，匍匐爬走在臺階與樹叢，終於撲翅消失不見。

翌日早晨在臺階上再看到牠，赭紅磚塊上，一隻羽翅蓬鬆的灰白小鳥，襯著初綠石榴與寬大柿葉，像極八大山人《安晚冊》一幅花鳥墨圖。牠極有骨氣，即使在眼花撩亂的美麗新世界，神色微帶陌生懦怯，但顧盼之間，極為鎮定，好像生在世間為一種權利，與萬物共享，一瞬間鳥語、花香、風吹、葉舞……合而為一。

那是最後一次看見牠了。

跟著不久，巢中另一隻小鳥亦相繼飛走，一去無蹤。

留下一個空巢，孤零零見證著一些溫馨回憶，一些日夜相濡以沫，相依相偎的溫暖。牠們現在是否翱翔天空，或早已夭折於天地不仁的大自然？沒有人知道。大鳥也不再返巢，一切非常虛無。

另一個黃昏，那雙鵪鴣重現蹤跡，鶼鰈依然情深，彼此依偎，在地面，在屋瓦。公鳥不斷為母鳥喙梳羽毛示好，母鳥神色可有可無，無動於衷。在落日微風裡，偶爾一聲低沉鳴叫，她看來像每一隻世間快樂的鵪鴣，以天地作為逆旅，好像什麼事情也沒有發生過。

美麗的回顧

所有回憶都是美麗，假如我們能夠明白，今天一切擁有或發見，都是來自昨日憧憬及追尋。

雖然未到寫回憶錄的年齡，但近年從容欣賞晚霞多於清早抖擻的晨曦，也就知道不再年輕了。馮至先生最後一本書叫《立斜陽集》，據說是他特別喜歡納蘭性德〈浣溪沙〉內那句「沉思往事立殘陽」，但他覺得「殘陽」過於衰颯，不願立在殘陽裡沉思往事，遂把「殘陽」改為「斜陽」，他說：

「自念生平，沒有參與過轟轟烈烈的事業，沒有寫過傳誦一時的文章，結交的友人或熟人中，沒有風雲人物，也沒有一代名流。有些人和事，或長期共處，或偶相逢，往往有一言一行，一苦一樂，當時確實覺得很尋常，可是一旦回想起來，便意味無窮，有如淡薄的水酒，只要日子久了，也會有幾分醇化。恨不得能讓時光倒流，把那些尋常事再重複一遍。」

最近重新翻閱舊著《文化脈動》，情濃如酒，跌宕滂沱，平靜心情陡然翻起不少風浪波濤。臺灣八〇年代末期解嚴解禁數年間，變化鉅大難以直述。它不只是政治社會演變的一個分水嶺，同時也是文化遞換、意識形態急劇變動、流行與e文化的茁起通行。三民書局在一九九五年出版《文化脈動》，其實就是我生命中一個極端介入臺灣文化時期，並且也是向社會進言的個人紀錄。

以一個長期創作者而言，尤其詩人，不分中外，都會經歷一段社會介入，我稱之為「社會縈繞」(social obsession)。也就是說，許多詩作內涵的啟發與追尋，不止是來自風花雪月，還有詩人水深火熱，人間疾苦的感受體驗。自然而然，詩人兼職為社會批評者(social critic)，屢見不鮮。美國早期超越主義愛默森(Ralph Waldo Emerson)，英國維多利亞時期亞諾德(Matthew Arnold)等人，紛紛在一種大時代變遷的催激下，執筆為文，一抒胸臆，皆屬人之至情。

一九八八年肇始，我在《中時晚報》的〈時代副刊〉有一個叫「酸辣湯」的專欄，那時人還在臺灣。到九三、九四年寫另一個「文化快餐」專欄時，卻已身在國外了。現在回想，那種滋味，酸甜苦辣兼而有之。

先說甜蜜。八八年到八九年間，一整年大部份期間均在臺北。有一陣住在安和路，為了一個出版社，以及一些落地生根的家國夢想。那時生活單純，各人除了處理業務及校稿外，就是據桌各寫文稿。安和路從前有一個美麗店名的餐廳，叫「浮生悠悠」，英文就叫做 Leisurely Life，真是討人歡喜，常會令人在工作之餘，想到那兒喝一杯咖啡或喫一頓晚飯。一九八八年的十二月，我在「浮生悠悠」吃了一客臺幣六佰元的「聖誕大餐」，菜單是這樣的：

酥炸花蚧鉗
奶油海鮮湯
麥年鯧魚
腓力牛排或
精烤美國火雞
精緻甜點

咖啡或茶

所謂「麥年鯧魚」(Pomfret Fish Meuniere)，需要解釋一下，這是法式烹飪，「麥年」就是把魚塊輕蘸麵粉，在鍋裡煎炸。「麥年鯧魚」，就是把整條小鯧魚蘸麵粉煎炸，端上盤來，黃油油香酥可口。再加上另一客健康肉類的美式火雞，令人喫得樂陶陶、懶洋洋，就只想等待下一客甜點與咖啡來提神。這種菜式價格，到了今天，絕對加倍猶有過之。記得近日友人宴請於金華街一家法式料理，價錢恆逾千元以上。

「酸辣湯」專欄許多篇章，就是在這種甜味感覺下寫出來，像燙熱咖啡，加上蔗糖與奶油攪拌就緒，悠然喝上第一口的滋味，有種香甜味蕾感覺滾動在舌間，非常溫馨。

但是那年我的臺灣回歸是失敗試探，那是甜蜜之餘的另一種辛酸。最初在母校政治大學授中西比較詩歌，有一個這樣下午，密雲無雨，陰鬱天氣，還帶著一種浪子回家的酷熱懲罰。在指南山下，我們讀完陶潛的〈桃花源記〉，葉慈的〈航向拜占庭〉及〈第二度降臨〉，還有柯立基午睡醒來寫就的〈忽必烈汗〉；有一個這樣下午，和同學們讀著丁尼生的〈食蓮人〉，優力塞斯經過十年的特洛伊戰爭，十年的海上漂泊，在回家途中，來

到這個讓人吃了蓮果而做夢流連忘返的小島，有些水手疲困於海上無盡漂泊，欣然就食，因為──

去夢到家鄉，妻兒和奴婢
總是甜蜜的，
但最令人疲困的是那無盡大海
疲乏櫓槳
疲乏在虛幻浪沫中的流浪大地
終於有人說：「我們不回去了。」

當時我這樣寫道──

我已經回來了，臺灣不是食蓮島，它應該就是我的綺色佳(Ithaca)！可是飄零的我，是否要假扮乞丐去試探闊別多年的家園？孤獨的我，又該敲哪一扇門，找哪一家去試探？我誦讀的聲音顫抖而傷感，然後又充滿懷疑，是否夏天來臨，又是我遠航時候，是否我必須很快就要擺除這一陋習，自每天正午到兩點鐘的昏睡中醒轉過來？

然而夏天我並沒有離臺，相反，推掉一個西藏約會後，便束裝南下，轉教中山大學外文研究所。那是一個豐收季，晚上觀星望月，白天讀書寫詩，最後結集一本《檳榔花》詩集。

然而一葉知秋，想不到萬里投奔的浪子情懷，竟引出一些毫無意義的嘲弄與漫罵。我黯然收撿行裝，回到洛杉磯。

回美後依然不甘心，依然每天閱讀五份臺灣報紙，繼續給《中時晚報》寫「文化快餐」，九四年自臺北松山南下高雄，和李瑞騰一早在車站見面，談及近年替臺灣文化把脈的努力，瑞騰欣然穿針引線，找到「三民叢刊」主編，並敲定書名為《文化脈動》。

今天看來，當年許多觀念仍然需要修正。譬如對東南亞國家，尤其是馬來西亞華人國族觀念與華文文學的定義溯尋。我是一個強烈民族主義者，多年來人在海外，格外來得迫切。另一方面，中華民國轉型入臺灣，我的適應幾乎是遲鈍和緩慢的。但很快便了解到，像安德遜(Benedict Anderson)《想像共同體》(*Imagined Communities*) 一書說的，民族主義，其實是一種想像的政治共同體；然而想像並非揑造，它其實是形成任何群體認同不可或缺的一種認知過程。一九九四年，我已開始認知到，假如臺灣要成為偉大國家，它必須擁有高貴情操與寬容胸襟，兼收並蓄，有容乃大。因此，強調臺灣本土的「雜性」，比強調本土的「純性」好得多。

譬如印刻出版社推出全套七大冊的「臺灣原住民族漢語文學選集」，主編孫大川指出，沒有文字的原住民，多是借用漢語中宣洩他們主體的聲音，但是由於局限於漢語造詣，詩歌方面的創作表現反而更稀少。文學理論方面也因為原住民血統的評論家不多，孫大川只好在「評論卷」中破例，大量選入漢人學者的作品。

我覺得不必如此劃分。所謂母語與漢語寫作是可以共時並進的。文學的領域並不一定用語言來界定，英美作家同用英語寫作，卻南轅北轍，涇渭分明，互不相屬。更不應斤斤計較於本土語言的「純度」。

多年前我就曾經這樣寫過，臺灣本土文化建立過程中，最大負擔在於它與中國文化強烈的抗性與排斥性，像一個孩童，無論被撫養自親生父母或養父養母，在尚未學會書寫自己姓氏以前，就先要在科學或醫學下，辯證出自己的DNA，好像惟有如此血統鑑證，才可理直氣壯成長為人。

殊不知文化成長過程裡，恰好與準確的科學或醫學一絲不苟的鑑證相反。文化優生學裡，沒有純種。相反，它要求的卻是極大的混血雜生（hybrid）。其實，即使在遺傳學裡，也經常產生純種的反常現象。譬如豢養德國狼犬，所謂「家系族譜」（pedigree），非常重要。黃春明寫的〈我愛瑪莉〉就是嘲諷純種主義的後遺症。但即使這樣，一隻狼犬如果族譜太「純」，經常也會有反效果，就像許多天才一樣，聰明得太過份了，對待許多事情都自以為是，結果和自己的社會與生活環境脫節，看起來怪怪獃獃的。兩者間的取捨，自是不言而喻。

因此，不要拒絕過往，回顧才會美麗。

秋天的行旅

一、尋找張愛玲

自從七年前中午在波潮起伏的聖必渚 (San Pedro) 外海，和林式同等人處理張愛玲的海葬後，式同兄亦於去年（二〇〇一年）七月棄世，好像一下子能夠聯想在一起的人與物，忽然又變得遙不可及。來港兩月，沉澱記憶又重新浮現，有如沉落海底的船隻，一旦塵埃落定，所能浮上海面的衣物等附屬品，便相繼出現在腦海。那晚去嘉道理道的文化沙龍，便想起宋淇先生住所，以及宋太太交給我張愛玲的英譯稿〈海上花〉。

聯想繼續馳騁，再想到在哈佛劍橋，張鳳苦心孤詣帶我去 Brattle Street 張愛玲故居，就是要告訴我，當年張在 Radcliffe，窮年累月想把〈海上花〉介紹給西方。可惜一向習慣從小說情節推敲內容的讀者，又怎能去接受小說的精采，竟然不在情節。張愛玲在美多年落落寡歡，固是曲高和寡，但庸俗的讀者品味，包括西方出版商的愚昧低能，都使張愛玲有鎩羽之感。

我又想起我的朋友李歐梵，對香港這城市可謂傾心痴戀，殫心竭慮寫下一本《范柳原懺情錄》。甚至，因為我在香港，竟也在《香港文學》月刊讀到于青的一篇創作〈香港的白流蘇〉，與歐梵可謂異曲同工。在裡面，白流蘇在油麻地吃炸蘿蔔糕，而且，范柳原已經死了。

然後，香港城市大學中國文化中心餽贈兩張戲票，那是在葵青劇院上演，丁乃箏主演，林奕華編導的「張愛玲，請留言？」那時的感覺是，張愛玲真是無所不在，即使她不要這世界，這世界還是沒有放棄她。其實不止這世界，還有這世界所有的文學藝術者，都不會放棄她。將來，我堅信，全世界，包括她生前曾想征服的西方讀者，都將紛紛拜倒在她裙下。

可是一切都太晚了，對成名要趁早的張愛玲而言，一切都是遲來的祝福。盛宴對一個沒有食欲的人而言，又有何用？在浪漫情懷〈與子相悅〉情詩，情人生離死別的「死生契闊」固是惘悵，然而什麼也悲慘不過一個人對這世界的絕望，以至最後遺棄或放棄，甚至孤零零住在洛杉磯，不為人知，也不欲人知。這種心情，從生前一直堅持到死後，那才真是「死生契闊」的悲哀！

所以在劇中開始，以港版模倣英式問答遊戲 The Weakest Link 的「一筆 out 消」方式來介紹張愛玲的生平，同時更利用舞臺圓座旋轉設計，以不同問答者介紹或尋找張的陳年往事，倒是神來之筆。臺下觀眾熟悉和有興趣的，不是張愛玲弟弟或炎櫻是誰，而是鄭裕玲節目。臺上所有遊戲者或演員的回答都應全部錯誤，因為在她生前，就算年紀大一點的觀眾，在六〇年代看國語片，大概熟悉的只是劉恩甲、洪波、蔣光超或梁醒波等人，大概從來不會想到，《南北一家親》就是張愛玲編寫的電影劇本吧。

這其實是一齣頗為流暢而別具匠心的舞臺劇，無論多媒體舞臺設計，燈光效果，服裝，配樂及演出都非常出色。就連用作臺詞的廣東話，也未稍遜字正腔圓的普通話。其實，張愛玲最細膩處，也是最出色處，就是緩慢傾訴。譬如《半生緣》中顧曼楨給沈世鈞那封信，便能在舞臺上發揮得淋漓盡致，觀眾如醉如痴，就像想念一個人時，會說出下面的話：

——現在是夜裡——靜極了——兩天天氣已經冷起來了——我也不知道老是惦記著這些——隨便看見甚麼，或者聽見別人說一句甚麼話，完全不相干的，我腦子裡會馬上轉幾個彎，立刻就想到你。

——昨天到叔惠家裡去了一趟，我也知道他不會在家的——我很希望她們會講起你——

以上這番話，大概就是天下有情人「執子之手，與子偕老」的平生素願吧。想念一個人，又見不到他，只好在文字上噓寒問暖。但是依然不夠，只好千迴百轉，希望在故意的漫不經心裡，有人會講起那想念的人，以慰心中之思。

然而素願也是奢望，沒有履行的諾言就是空言。齊瓦哥醫生永遠不會心臟病發，因為他永遠不會再見到他的Laura。分了手的情人，在現實世界，永遠不會再有機會執手，或淚眼相對。無論等多久，也不會再見到，見到的只有在電視劇或流行電影的結局。大家會一直分離，一直到老，直至老死盡，苦集滅道後，也不相見。

這似乎就是張愛玲的預言，或者留言。

二、嚤囉街

誰敢說香港五十年不變？像秋天的童話，就連最古老行業所在的嚤囉街，也一葉知秋悄悄在變了。當然古董業潮起潮落，自是不免，大家均是瀟灑走一回。但非常明顯，在嚤囉街外圍——荷里活道，一些倚賴遊客閒逛的古董店已撐得非常累，這種疲憊近年來一直伸展入嚤囉街。

統計顯示，香港旅遊雖仍以西方遊客為第一大類，然九一一後，美國遊客已急遽遞減。第二大類遊客來自中國大陸，誰又會捨潘家園而就嚤囉街？當然從事古董業，有如八仙過海，各顯神通，單靠顧客上門，難出新套。豪傑之士自有門路管道，雖謂文物可遇而不可求，求得之後，自然貨真價驕，永遠有豪客等待，永遠可以善價而沽。

豪客也分大戶、中戶或小戶。年來香港市道極壞，中小戶明顯萎縮。相反，從前憨厚農民卻變得貪婪，一件普通釉色剝落的漢綠軟釉陶三足倉，叫價卻常讓買手反覆躊躇。

但嚤囉街仍是香港打拼的精神縮影，許多店戶依然忙碌，拆卸進口文物，包裝出口箱匣，付寄貨運。新石器彩陶依然本少利大，馬家窯、半山、馬廠、辛店等地區的四大圈網線紋壺、變體神人紋鳥蛙足壺，到處可見，價格宜人。近年兩漢掌故流行（大陸電視連續劇推波助瀾），灰陶加彩器皿的臥繭壺，觸目皆是，但見彩色斑剝，紅、綠、青、黃、白色顏料，描繪雲氣，溢彩繚繞羽人鳥獸。形似希臘古代雙耳壺(amphora)的雲南黑釉扁壺，也為西方收藏家偏愛。

星期天逛嚤囉街，因為賽馬，客人稀少，很多店家關門。在這，除了汝鈞哥官定五大名窯，就連釉下彩的青瓷褐彩貼花長沙窯，也可買到。想起喬埃斯(James Joyce)的短篇〈阿拉比〉(Araby)裡面的小孩。世間事物，惟有相信，才更可愛。

三、黃大仙的秋天

香港冬天短而臨晚，秋日黃大仙，是濕熱夏天的延續。雖多汗怕熱，然那天去黃大仙感覺極好。一方面路程不遠，距居處地鐵僅兩個站，另一方面，曾經一度在香港土生土長的我，混身在黃大仙善男信女群中，帶來強烈的歸屬滿足感，於是也就隨緣入觀，買備香燭以示心誠。

因為相信敬如在，誠則靈，冥冥中自有微妙感應，超越宗教教派，甚至帶著禪宗機鋒。如要入此眾妙之門，則只可意會，不可言傳。一個長期在遠方飄泊的人，像朝聖香客，來到貴寶地，祈求一份賜福，並稍解心中不耐之惑，也不是過份之事。

說也奇怪，從前雄心壯志亟欲舒展的出版事業，籤語多屬平淡，未曾嘉許。中年過後，折節讀書，卻帶來潛龍勿用的勸勉忍耐，譬如比作珍藏美玉，不必急於求沽，只要待以時日——「此物何須自看常」。令人讀後心境平和，不忮不求。如今雲淡風清，早無執著之心，世間之事，有所為有所不為，頗得無為清淨。求得一籤，有「十年窗下苦功舒」句，歡喜讚嘆之餘，有如得遇知音。

從黃大仙出來，給人買一本《古本註解黃大仙籤》書，不是鼓勵卜算吉咎，而是覺得人智有限，觸機無窮，命運仍然一直在自己掌中，剝落來復，隨時變幻。也就想起魯迅筆下的祥林嫂，如果她懂得去黃大仙，就不用苦苦追問知識份子後，得來仍是一個模稜兩可的答案。當然五四人物，以科學求知態度破除迷信，乃是當務之急，但焉不知生命許多吶喊與彷徨，仍是來自懷疑，缺少信德，拒絕相信？

四、九龍城寨聯想

遊九龍城寨公園，看到曾祖張玉堂許多遺蹟，包括至今尚為人津津樂道的拳書和指書。玉堂世稱翰墨將軍，拳指翰墨，並非如指畫一般，直接用手指或指甲繪作，而是改用棉花裹指或拳寫就而成。所謂藝高人膽大，也是另一種書法招數。

其實張玉堂翰墨多在澳門，尤其在媽閣廟。早年為香山縣前山寨參將時，距澳甚近，經常訪遊澳門名山古剎，詩酒風流，濡墨淋漓。許多人不知為何一名武將，如此溫文儒雅。殊不知張玉堂當年原以文士考取舉人，跟著一連七試，均未能掄元，遂憤而棄文就武，以武舉擢升。早時林則徐因疑澳門入口鴉片，於道光十九年（一八三九年）曾訪察澳門，張玉堂均有隨行，並於翌年奉徐命，於官涌炮臺參加名聞中外的鴉片戰役。咸豐四年（一八五四年），更以戰功調升大鵬協副將，代理水師提督，修虎門砲臺，收復九龍城寨。

數年前在澳門大學開會，得遇饒宗頤世伯，亦曾一再覷詢張玉堂其他史料，然據饒公賜告已甚稀少。其實目前張玉堂考據，仍是饒宗頤《九龍與宋季史料》內〈附記清末大鵬協副將張玉堂事蹟〉一文，指出清末大鵬協副公署在九龍城寨鎮衙門——「玉堂官此職，前後四任，歷十三年，為當日九龍租借與英時最高地方長官」。另外，魯金《九龍城寨史話》一書報導，亦頗詳盡。

文壇七戰鎩羽，又兼高齡慈親在堂，常令張玉堂心懷憾恨。他除翰墨濡筆以外，詩作聯句極多，惜存世者少。現今傳世對聯有「滿院綠雲栽竹地，半簾紅雨養花天」。另著有《公餘閒詠》兩卷，《公餘日記》一卷，均已佚失。家中歷代相傳有五律〈生日詩〉兩首，內中自云每逢誕辰，均念慈恩，開首句為「今日我生日，思親倍感親，劬勞生我後，不見白頭人」，有如孤雛哀鳴，至是感人。繼有「干祿因親老，家貧出仕遲，文壇虛七戰，抱恨一生悲」之句，孝思綿長。然此詩悲苦，未若在澳門普濟禪院留有一首〈紅棉〉七絕豪情——

醉筆淋漓寫木棉，結鄰蘭島倍生研，幾枝劍影香浮谷，千萬朵花紅到天。

後SARS時代——火炭拾餘

一、火炭

因為機緣巧合，二〇〇三年春天寄寓在一個名叫火炭的市郊小鎮。其實也不算市郊了，香港過去三十年發展迅速，尤其交通方面的捷運和鐵路，把有限市區推開入無限廣闊郊區，鄉村紛紛落馬成為市鎮。從前中學唸書每學期均有旅行，顧名思義，好像要去很遠的地方，其實有很多次從尖沙咀火車站出發，嘻嘻哈哈坐車一路到沙田，下車到附近沙地足球場玩一下足球，再喫一個提籃午餐，就算遠足了。再遠一點就去紅梅谷，小小心靈也不懂有沒有梅香撲鼻，只記得風光明媚，柳暗花明，曲曲折折摸索到流水淙淙的溪澗。

至於有聽過火炭這地名嗎？北方人說的，門兒都沒有。六〇年代的香港，是這麼簡單一種順序——沙田、大埔、粉嶺、上水、羅湖，然後就是中國大陸。

後來多了中文大學和賽馬場，自然一路繁華錦繡，起步點多了，落足點也相繼增多，至於後來火炭崛起，大概和興建工業大廈有關，加上穗禾苑一、二期的居屋人口，便儼然一座市郊小鎮了。

我就住在穗禾路山上大學宿舍。因為沒有車子，每次都倚賴十六座小型巴士上山下山。因為方向觀念差，又沒有什麼座標供辨認，晚上回家，經常錯過落車點。香港小巴有個不成文規矩，落車必須預先揚聲，司機才會靠站停車。如果不懂說粵語「有落」或說晚了一點，司機就當你「無到」。據說許多中、臺學者來港第一件事，就是學說這廣東話二字真言。當初不熟悉回家路徑，揚聲晚了一步，好幾次都被司機擺了一道，十分懊惱。看來劉德華在電視上推行的禮貌運動是失敗了。

這也是香港文化的挫敗。一種文化風氣自然形成，是人的氣質潛移默化，以及對崇高典範的模倣學習。而且，對別人好，必須心甘情願。如果一肚怨氣，對自己都不好，又如何能對別人好呢？

二、新恐怖主義

二〇〇三年春天，香港遭逢大劫，爆發非典型肺炎，有如一場瘟疫，人人自危。人在香港，恰逢其盛，感覺到那是另一種恐怖主義。細菌如隱形敵人，潛伏在身邊，一下不慎，便被襲擊感染，真是防不勝防。因為你永遠不知道它躲在哪兒，可能就在附近，也可能很遙遠。既然不能掉以輕心，只要它仍然存在，人，便永遠生活在細菌存在的周圍，有如殺手般的恐怖與恐懼。

就是因為香港當初連駐院醫生也掉以輕心，所以才造成沙田威爾斯親王醫院十數名醫護人員的感染。跟著，一連串連鎖反應，包括探病親人等所謂親密接觸與輕度接觸，自醫院蔓延出學校社區，病例不斷增加，從數十人遞增成四百多人，終於政府採取七日全面停課及病人隔離措施。

疾病，尤其是傳染病，本來就是一場生死決戰，人與微生物，正與邪，存活與滅絕，不是你死，便是我亡。

但是在交手間，人不幸抵擋不住，有如兵士戰場受傷，自可入院治療，享受鮮花與親情照顧。但非典型肺炎病人是高度傳染者，就連至親親屬也需被隔離。也就是說，病人的待遇，至少在心理上來說，有如被隔離囚禁，更兼是帶原者，一方面是被搶救治療，另一方面醫務人員的防禦措施，有如第三類接觸，也是難以消受。

廿一世紀的新恐怖主義，瀰漫著毀滅性的戰爭與屠殺，疾病與貧窮，war and carnage，pestilence and poverty，唉，還有隱藏暗處有如恐怖份子的非典型肺炎。

三、恐怖啟示錄

星星之火可以燎原，一點不錯。據報導指出，非典型肺炎，或是「嚴重呼吸道症候群」（SARS，無獨不成偶，剛與香港特區簡寫相同，只少了一個S），在二〇〇二年十一月便在廣州市芳村區一名周姓男子（後被傳媒戲稱為「毒王」）傳出，因為情況嚴重，從廣州中山大學附屬第二醫院，轉中山三院，再轉第八人民醫院。三間醫院五十多名醫護人員把他搶救下來，但同時亦紛紛中招。相信是香港病源的劉劍倫教授，就是當時被感染的一名醫生。他於二〇〇三年二月二十一日來港赴喜宴，入住京華國際酒店，被疑在電梯內散播病毒，而令六人感染。他後來在香港一家醫院病逝。

二月二十二日一名曾到過京華酒店的男子被送往威爾斯親王醫院，而令多名醫護人員受到感染。另外二月廿三日曾入住京華酒店的一對加拿大籍華人母子，在飛回多倫多途中患病，將病毒帶回加拿大傳給親人及當地的醫生和病人。這也是加拿大感染非典型肺炎的肇始。

在京華被感染的還有一名美籍華人，他飛往越南後發病，被送往河內法國醫院，而令六十一名醫務人員感染，他及診治醫生後來均分別病逝香港及越南。

這只是病毒剛開始蔓延的犖犖大例，至於交錯擴散，情節絕對不遜一部恐怖科幻小說或電影。就以威親醫院為例，當醫護人員紛紛中招落馬，其中未感染苟存的醫師真是水深火熱，因為他不但要盡力拯救同袍，同時亦擔心自己受到感染。一名醫生事後追述，當開始尚未有病人康復時，他全天候長駐院內，也不敢回家，怕將病菌傳染給家人，但在院裡的感覺有如遭逢瘟疫，自己陷身其中，唯有存活及盡力拯救病人，才是生存的唯一意義。醫生，往往被人看作超人一等，其實他照樣生病，照樣擔憂，甚至猶有過之。

因為，知識，可以帶來信心安全，同時也可產生驚慌恐懼。知道得太多了，心理上反而難以負擔知道的後果。

四、水深火熱

我知道我已走在香港歷史水深火熱的一頁，只是不知道什麼時候才走到雲淡風輕的章回。

非典型肺炎持續擴散已二十多天了，已經從醫院蔓延出社區。香港八間大學全部準備停課，我亦被文學院告知，因為停止所有大型會議及演講活動，賸下的兩個公開演講也將取消。也就是說，我已沒有任何承諾約束；他們更出自善意的暗示，我應該儘早回家，離開這危機四伏的瘟疫之地。雖然四月初香港疫症已有社區擴散跡象，但所謂令人恐懼的大幅擴散(major outbreak)，還是等到我離港後的淘大社區感染才開始。

我方才發覺，三十多年來辛辛苦苦尋求的家國，一無所有。所謂回家，就是回去美國，在洛杉磯的家。

前面一句「走在香港歷史水深火熱的一頁」寫於三月下旬，我四月初便回美，竟然未能同患難、共甘苦。既然未能走進水深火熱，那就更說不上雲淡風輕了。入春三月，香港天氣乍暖還寒，正是二八天時怕穿衣。今年香港之春特別寒冷，是現實的，也是象徵的，瘟疫的惡化，經濟的蕭條，人心浮動，世局動盪，能夠溫暖心頭的，大概就是街道一株株如火如荼的紅棉樹了。

那天在上水馬會見到張學友，晚上便聽到張國榮墜樓的消息。同是姓張的人，命運竟各自不同，應了一句粵語格言：「同人唔（不）同命，同遮（傘）唔同柄。」離別依依，竟對香港有一種不捨之情，前所未有。在馬會飯後漫步花園，但見人頭湧攢，大概都是都市紅塵中人，為了逃避擠迫空間與瘟疫，都走到空曠的近郊來。冠蓋滿京華，斯人獨憔悴。過兩天就離開香港了，心思愁緒，無處可以安放。抬頭看到一棵棵高大木棉樹，勇敢伸向天空，好像天有多高，它就敢伸向多遠，怪不得它也被叫作英雄樹。木棉花落滿一地，遍是殘紅浥黃。想起臺南市成功大學附近滿是木棉樹的東豐路，也想起羅文唱過的一首歌，雖然有點紅八股，但如今也是歌存人杳：

紅棉盛放，天氣暖洋洋，英姿勃發堪景仰，英雄樹力爭向上，志氣誰能擋！紅棉怒放，驅去嚴寒，花朵競向高枝放，英雄樣萬眾偶像，紅棉獨有傲骨幹。我正直無偏，英挺好榜樣……

所謂傲骨幹，大概是指遍體皆是瘤刺，容易傷人的木棉樹幹吧。殊不知花冠五瓣的紅棉花，經常未到凋萎便已落地，好像不斷強烈指證，自古紅顏如名將，不許人間見白頭。

眼神

一

生平喜歡看眼，眼睛是一種語言，自眼中可分良善與邪惡，深情與薄倖，殘酷及仁慈，甚至絕望與無奈。眼睛只有一雙，眼神卻有多種。許多飄忽眼神，常常隱現在無意相遇和猝不及防的夢境裡；及至提筆重新描繪，卻又不及真實於萬一，怪不得西方有強調藝術為第三模倣的模擬說。然模擬真實、演繹真實，也是另一種真實。

蝸居山林，苔深草綠，數日足不出戶，不欲見人，亦不喜聽人語，更不想對人言。憑窗遠眺，群花生正逢時，有若深情眼神。飛禽走獸世界弱肉強食，適者自存，牠們的眼神也是詭譎萬變，寒星利刃，不遜人間。每日清晨，大夢初覺，提劍行走晨霧林徑，許多生命中的事與願違，如夕露沾衣，不足惋惜。身邊諸事諸物，皆常有深沉感觸，萬語千言，貯積心頭，有似提壺取水，一滴不漏。及至回屋執筆，記綴數語，久之遂成習慣。此次彙集得成〈眼神〉之篇，也是因緣。

二

她的眼神有三種，視情境而調整，本來安詳穩定，很少眨動。後來才自書中得悉，因為眨眼非常快速短暫，所以平常看來，都是一種凝望。黝黑晶瑩的眼珠凝視著遠方，一動也不動。好像在思索，在等待，或什麼都不是。但是一旦發覺有人在注視，她便立即進入第二種眼神。

那是具有高度警覺性的戒備，也不畏縮垂首。眼神隨著對方的注視而昂然相向，這種對視，會讓人想起早年日本武士道電影裡，兩大高手執刃對峙的眼神，看似身軀呆若木雞，眼睛卻互相搜索、防禦、估量對方下一步行動。真的，有時眼神如利劍，可以護人傷人。

然而她眼神動機大概不過就是母性潛質吧。那是一雙會說話的眼睛，讓人感到她隨時監視保護，而不敢越雷池半步。

但是當她注視那兩隻嗷嗷待哺的幼雛，另一種慈愛眼神卻光芒四射，像文藝復興宗教繪畫，聖母馬利亞注視懷中的聖嬰。是的，她只是一隻鶺鴒，剛自巢中孵出兩隻小鳥。這已經是第二度來臨了，上次築巢孵兒才不到一個月。是的，即使自一隻鳥類的凝視，也可看見或感到母愛的包容眼神。她有時也會側首閃身，不耐幼雛啁啾翻動，但是動作一直容忍而博愛，就算不耐，眼神仍然充滿寬宥，這是第三種。

三

相信含笑花的眼睛會笑嗎？它的花朵就是笑容。夏夜花開，千朵沉醉，花香帶著醉人的甜，因而眼神也帶有一種甜味。看花人只能在短距離，可望而不可欲，才能感觸到清香微盼的眼神。

因此它是傳統的花，極端保守，蓓蕾嬌小豐滿，如雞心，如杏仁，緊密包藏。但一旦綻放，姿態非常豪放，毫無保留，有點像紅顏拒絕遲暮的味道。它不是複瓣花，因而花期極短，兩三天便花瓣凋落，如淚珠四濺，撒滿一地。這類花顏最是惹人憐愛，白玉蘭、鬱金香、芙蓉、木蘭……等均是如此。

所以有時不捨，故意撿拾花瓣，淚痕過處，真是落花不堪盈手。

越是酷熱天氣，眼神越是熾熱甜美。因為花瓣杏形，有如鳳眼，秋波特別嫵媚。花的肉色白裡微帶淡黃，不似玉蘭般純白，更顯得矜持嬌嫩，稍微有一小點創傷，都會在淡黃花瓣留下青淤傷痕，稍後一條短短黑線過處，像小腹盲腸開刀留下疤痕。在這方面易受傷害，它更似木蘭，然木蘭花碩大潔白，有如印象派 Renoir 畫裡的婦人，不若含笑玲瓏。

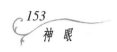

四

牠的眼神慧黠而狡猾。驟眼看來，好似胸無城府，天真無邪，其實這才是最危險的。因為自始至終，牠一直是一隻跳蹦蹦、自由自在的活潑松鼠。不像其他動物敏感驚惶，即使步步為營，牠一般對人的態度幾乎是友善而毫無保留，尤其小孩餵食，歡樂融洽，就像活在童話世界。

人有善惡，牠亦不例外，是一隻惡鼠。大概知道惡貫滿盈，這一隻神出鬼沒，絕對不和人類親近。牠的罪行包括喫盡一樹尚未成熟的桃子，每一顆只咬一口，便立即拋掉，再摘第二顆，咬第二口，再丟掉，第三顆，第三口……轉眼一樹桃子採摘輒盡。好不容易花了幾月灌溉施肥，拔草除蟲，好不容易等到桃子自青綠轉入淡紅，不到一時三刻，統統被牠捨棄在地，狼藉不堪。然而惡行並不止於桃樹，還有枇杷、杏樹，和李樹。

牠出沒時間沒有一定，一身灰黑，爬牆附壁，有如壁虎，極其敏捷。每次窺見牠遊走牆壁，攀枝躍椏，都會看到那雙機伶伶眼睛，滴溜溜，極其詭異，也極其邪惡。會想起某大學高級行政人員的眼神，那是永遠午夜夢魘。這類知識份子不分男女，一般都思想敏捷，辯才無礙，甚至和藹可親，具某程度親和力。但一旦眼睛一翻，又是另一種操生殺大權、如取如攜的眼神，那麼傲岸顢頇，翻手為雲，覆手為雨，殘酷冷面，非一般外人能夠知悉明瞭。這類毫無任何原則的閃爍眼神，惟某些政治家或松鼠，可以比擬。

余深恨痛絕。

因此亦極討厭此隻惡鼠，每欲除之而後快，但一時亦難得逞。牠是那麼警覺，每次躡足而行，三步一停，五步一顧，小心翼翼，有如行軍斥堠。然亦終因心性極貪婪，造成牠的毀滅。

那是一個涼風習習的下午，看牠飽食之餘施施而來，昂首四顧，瞥見簷下鵪鴣與幼雛。松鼠本為素食動物，然弱肉強食本能竟驅使牠遊壁而上，欲攫幼雛。鵪鴣驚惶失措，撲翅啁啾連連，幾欲飛走自保，終又不忍捨棄。惡鼠欲進猶豫，牆壁不耐久佇，雙爪刮抓，沙沙作響，聲如狂風掃落葉。

趁此短暫對峙，余提白臘長桿出外，此桿一樹只做一棍，別無旁枝，磨滑之後，節瘤可辨，而且輕巧紮實，宋明以來，皆用作棍棒。懂得揮舞，其爆破強勁力道，不遜任何利器。惡鼠見余，亦頗驚慌，眼神流離。其實松鼠為低智動物，魚肉其他弱小禽蟲之餘，應變能力極遲鈍，亦極劣拙。人又何嘗不如此？座上客與階下囚，不過一念之差；生與死，亦是一線之隔。掌權時叱吒一方，失勢後瑟縮一隅，到處可見。只是人間善惡報應，難以定奪，好像惡人皆得善終，善人未見好報。

然而今日心意已決，絕不可如此。棍棒高舉，一圈棍花橫揮過處，以雄渾力量把牠拍掃跌落在地，再以棍頭擊點頭部要害，棒棍落處，「舂」然有聲，摧枯拉朽，轉眼魂飛魄散，命如懸絲。那種眼神遲滯無神，當牠死後，更光芒盡失。

山林間鳥獸殘骸經常出現，天地不仁，以萬物為芻狗，久之也就見怪不怪，就像出家人以方便鏟、唸〈大悲咒〉一樣，收拾的收拾，埋掩的埋掩。再把地上血漬用水沖洗乾淨，心頭掠過一絲不忍，這是多年練武人無法克服的弱點——缺乏「殺機」(killer instinct)。武家基本訓練是兩人生死相搏，不是爾死，便是彼亡。尤其生死俄頃之間，對手倒地，更要小心謹慎，猶豫不得，不然弄巧反拙，後果不堪設想。人鼠雖未曾死生相搏，然鼠鳥卻經歷過一場死生輪迴。余不殺鼠，鼠將攫鳥，則猶如余殺鳥無異。眾生有情，本來人、鼠、鳥皆應共存，這是不爭之理。同樣道理，人的世界無法相容，互相殘殺，有如禽獸。人與禽獸共存的世界也各有領域，各自或互相相殘，只不過動機不同，手段各異而已。

既然人獸各異，則惡鼠至死也不明白為惡之名，因為牠一直會認為樹上的果、巢中之鳥，皆可攫噬，宇宙並無法則指定不可。就像人類世界的高級行政人員或政治家，往往為了一己私欲或雄才偉略，去釐定一種執行規則，犧牲少數人的福祉利益，或甚至一些人的終生理想，也在所不惜。在弱肉強食的人類社會，他們心中從不會覺得（就像惡鼠至死也不明白）有任何不當之處。

水般亮麗自然——張愛玲海葬始末

一、前言

一九九五年九月三十日和林式同等人出聖必渚 (San Pedro) 外海安葬張愛玲女士。葬禮完畢，開始解散治喪小組，一直想交代經過，一直有所顧忌。本來心中坦蕩蕩，無得亦無失。時光流轉，轉眼八年，式同兄更於前年（二〇〇一年）去世，雖然他在《華麗與蒼涼》（臺北皇冠，一九九六年）一書內，撰有〈有緣得識張愛玲〉一文，述說和愛玲女士交往經過。但處理其身後事畢竟只是一部份，皆於大處著墨，蛛絲馬跡，處處仍有心中不平的辯護痕跡，令我更深切感到，有一種道義責任，向世人公佈經過。

記得當時謹慎處理，不敢掉以輕心，每天更寫有誌事日記 (log) 一份，以作備忘。怎知陰差陽錯，竟成日後珍貴追憶資料。所敘各事，均為個人經歷見解，掛一漏萬，種種主觀判斷認定，更是在所難免。

二、經過（年份為一九九五年，美國洛杉磯太平洋西岸時間）

九月八日下午

——美洲《世界日報》趙慧珍早晨來電留話謂有急事相詢。我適不在，及至回電，遂得悉張愛玲女士逝世消息。告知趙謂我不認識張女士，惟可找我的朋友林式同。十分詫異趙已知悉林式同，更進一步追問宋淇是誰？我回答謂即林以亮，亦即宋春舫之子。當時以為他們要找宋先生，是因為張宋多年私人交情及張曾在香港電影公司寫有劇本。遂叫他們找《聯合文學》參考，趙回答謂現在正十萬火急，準備發稿，哪有時間去做research？

——因明日（九月九日）將有一場「以詩迎月：今夜星光燦爛」的中秋節現代詩朗誦晚會，正是密鑼緊鼓，如火如荼，紀弦已來，楊牧剛到，愁予即將飛抵洛杉磯，因為接待人手有限，十分緊張。

——晚上自文化組晚宴回家，即被告知林式同找我。我和林是多年拳友舊交，更兼老同學朱謎是林在新竹女中任教時的學生，所以三家均有來往，林之太太 Kimiko 是日本人，為人親切誠懇。但我搬遷東區後，林住西區，後亦搬家，一東一西，相隔數十里，所以甚少來往，即有，也是以朱謎家中為主。他手上的舊電話號碼找不到我，找朱謎才要到我的電話。

——焦桐自臺來電叫我寫張愛玲，我亦告知不認識，不來往，無從寫起。雖有閱讀張全部作品及用作教材，亦曾指導研究生的碩、博士論文（甚至有一篇胡蘭成的碩士論文），但皆是學術研究。林式同的確曾給我提起他是張愛玲房東之事，但因林不是文壇中人，對張愛玲所知不多，和他談王宗岳的《太極拳經》比談張愛玲還多。印象深刻的一次是因為我從未見過張愛玲，他給我描述張走路的飄逸姿態，「了無聲息地飄過來，水一般的亮麗自然。」倒是我倆的共同朋友是莊信正，莊原在南加大任教，我來南加大，算得上是莊信正及郭大夏的「繼承人」。

還告訴焦桐我極端尊重張的隱私權，多年來即使可以自林式同處找到她的地址，或藉林去接觸她，我也不想這樣做，亦不會這樣做。我的觀念是，人家說 leave me alone，我一定尊重，leave him or her alone。記得當年高信疆來洛杉磯，興沖沖地拿著地址與禮物去找張愛玲，我們一行四人，我、信疆、還有金恆煒和但漢章，在西木區聚合。但我拒絕和他們同行，獨自留在「船艘」(Ships) 咖啡廳等他們回來。結果當然是乘興而去，敗興而返。從此更加深不欲打擾張女士的觀念。

——凌晨電話不斷，無法入睡。除了臺灣佳視要張女士地址外，其他媒體均要求我提供遺囑。我皆回答沒有。的確沒有，但心中納悶為何他們有此要求。

九月九日（星期六）

——晨回電林式同，交換意見，他說找不到莊信正，只找到莊在洛杉磯的學生高太太。我們分別交換新地址及傳真號碼。我開始婉拒林，認為既不認識張，自不宜過份涉入，但有詢及林處理遺體問題，林說仍在驗屍官處 (coroner's office)，因週六、日不辦公，最快要到週一才能辦事。我因晚上有上述的大型以詩迎月的朗誦活動，分身乏術，與林相約明日再通電話。

——中午星雲大師在西來寺宴請詩會貴賓。席間見到卜大中，告知他媒體如此追索，我甚困擾，而的確無張地址，若真有，亦不會洩漏，因為張生前極端努力保護其個人隱私，我們亦應適可而止，有所保留。但大中隨即告知電視臺已找到張地址，並拍攝現場報導。我聽後甚為氣餒，一方面覺得媒體神通廣大，另一方面激起我保護張個人隱私之心。

——晚上以詩迎月，星光燦爛，力倦筋疲。

九月十日（星期日）

——晨七時半赴教堂。回來慰理謂林式同八點鐘有電話來找。我稍後覆電林。

——電話談話內容如後：林十分後悔把遺囑電傳給他人，現今遍佈天下，有誤信他人之意。我安慰他不必如此想，事情發生了就不要後悔。但亦有詢及為何如此做，他說當初得悉遺囑委託他處理，感到責任重大，孤立無援，別人叫他馬上把遺囑傳真，他就馬上做了。如今看到報紙，十分後悔。另外，他已找到律師，進行清理銀行戶口及遺物，而所有將來交宋淇先生之物件，在整理時最好有人在場見證。別人告知他以張之身世，一定有不少古董，更令他有戒心。

他約我星期二在蒙市 Marie Callendar's 開會，即我、他及張信生（高太太）。林並告知本月三十日將有一葬禮(funeral service)，我不置可否，亦無意見，只把日期記下來。

九月十一日（星期一）

——戴文采來電要張信生電話，我不給。她說有一綹張愛玲的頭髮，可作為紀念品，並告知夏志清先生謂要土葬。我亦不置可否，其實當時心中空無成見，各事可有可無，可做亦可不做。

——香港《明報月刊》邱立本找我寫張愛玲，交談中，立本告知我，鄭樹森謂宋淇先生已病重，靠氧氣筒呼吸，要把張女士遺物寄交宋先生不太實際。

九月十二日（星期二）

——晨電林式同請他把張的遺囑今晚開會時帶來，讓我閱讀參考，俾能研究及執行張之遺願。林謂不必等到今晚，立即便可傳真給我。收閱遺囑後，覺得張的意願是不欲別人打擾。

——告知林有關宋淇先生病重消息，林謂不必擔心，他已與在香港的宋太太聯絡，一切寄宋太太收便可。我覺得如此也好，了卻一件心事。也討論到月底葬禮之事，我、宋太太及林式同均覺得，既然遺囑寫得那麼清楚，實在不宜舉行。

——戴文采來電云願將頭髮捐出，並云有人建議永久安放，如在玫瑰崗墓地則需四千五佰美元。我覺得第一，此事與張之安葬無關，我無從協助；二是別人對張憐香惜玉，其實是變相糟蹋。

——午後趙慧珍來電云於梨華可能不會來洛，因聞道葬禮可能會取消。

——《紐約時報》(*New York Times*) 之 Bob Thomas 經南加州大學新聞處 (USC News Bureau) 管道找到我，做了一個訪問。我儘量強調張廿世紀文學地位，授課採用張愛玲小說作為教材的情形，以及但漢章早年拍攝的電影「怨女」。並向 Mr. Thomas 澄清〈金鎖記〉與《怨女》的關係，一些混淆的英文譯名，如 The Golden Cangue，The Embittered Woman，Rouge of the North……等。

——晚上七時在 Marie Callendar's 與林、張開會，初步接觸發覺彼此意見不統一，於是以開會逐條討論形式，儘量把分歧意見歸納成下面的執行原則：

正式成立工作執行小組，即林式同、我、張信生及莊信正（in absentia，人在紐約）四人。儘快遵照張之遺囑及意願去處理她身後事。

把紀念張之活動或研究，與處理身後事分開。張愛玲專家們可以繼續討論作品或生平，但目前不想太多人參與執行張遺囑的工作。一旦工作處理完畢，將會有一報告說明處理過程。屆時專家們亦可藉此報告再作評判或研討。

由林式同決定遺物之丟棄及保留，由張錯負責對外發言。儘快火化及遵照遺囑處理靈灰。因遺囑有一句「不要殯斂儀式」(No funeral parlor)，有人作不同解讀，有異議，但最後三人均同意取消月底之葬禮儀式。

工作希望兩星期內完成。

——其實愛玲女士的遺囑很簡單，只有兩點。第一、一旦棄世，所有財產 (possessions) 將贈予宋淇先生夫婦。第二、希望立即火化，不要殯斂儀式，如在陸地，則將骨灰撒向任何廣漠無人之處 the ashes scattered in any desolate spot over (a fairly) wide area if on land。總的來說，處理原則應該是：1.隱私，2.迅速，3.簡單。

九月十三日（星期三）

——趙慧珍來電，我告知工作小組開會的決定，並要求先看趙之稿子才可發表。晚六時半，趙傳來稿子，我再轉傳林式同請他過目。林指出有兩段火藥味「太重」請求修改，其他並無異議，我傳真給林一份九月十二日《中央日報》馮志清、黃富美的綜合報導，內有「儘管剛過世的作家張愛玲是一個不喜世面俗禮，美國西岸華人作家十日還是決定於九月三十日在洛杉磯玫瑰公園為張愛玲辦個追思會，以表達對這位文壇老友的敬意。」之語。指出治喪委員會必須作出澄清，不舉行追悼會。林同意，並順便告我，平鑫濤先生來電，謂如有追悼會，他兩位女兒會前來洛杉磯。林已回覆謂已取消。

九月十四日（星期四）

——美洲《世界日報》（臺北《聯合晚報》同時刊載）早上報導一出，媒體大嘩。紛紛指責我為何只交《世界日報》，我不欲多作分辯，本來就沒有做什麼記者招待會的打算，更不打算日日召開記者會。因此空惹得一個厚此薄彼罪名，媒體更要我作「補牘」，提供火葬日期，張停靈玫瑰崗墓園（Rose Hills Cemetery）已是人所共知。我回答實不知道，一切均由林式同一人進行，事實如此。

——林晚間來電向我報告，洛郡（County）已批准火葬一切手續，火化應在此一、兩日間，屆時他會一人處理，並請保密，我甚稱善。林亦提到靈灰問題，覺得如要撒在陸地荒漠無人之所，勢需租一小飛機在沙漠進行，費時失事。他選擇海葬，但如要由玫瑰崗安排，則需火葬後兩星期，為時頗久。當時我心中隱隱覺得，難道真的會在月底三十日張的誕辰？如此亦屬巧合。

——各方對工作小組的處理方式，包括臺北藝文界，均甚肯定。陳義芝來電謂聯合報文化基金會或可替遺物做一管理，亦是照顧文學遺產。我告之一切皆需先寄交宋淇先生夫婦後，再作打算。

——開始發覺有一股黑暗的反動力量，竭力推動公開悼念張愛玲女士的活動，四面八方，有如陰風冷箭。

九月十五日（星期五）

——一早回校開會，已有心力交瘁之感，不聽電話，亦不耐媒體相迫，當然他們也有苦衷，職業上的採訪追尋，不得不如此。但我一直警戒自己不要曝光太多，免讓人覺得妄出風頭，其實是自喫苦頭才對，真是自尋煩惱。

——林式同晚上來電告知將於下星期二火化，事後再通知我如何發佈消息。並商量海葬之事，他想錄影及以鮮花致祭，我均同意，並建議用紅、白玫瑰花瓣撒在海中以陪葬。

——是夜接姚宜瑛大姐臺北傳真，得獲臺北友情與正義支持，心中稍為寬慰，覺得值得，有如魯迅詩句——「橫眉冷對千夫指，俯首甘為孺子牛」。《僑報》吳琦幸來電採訪張愛玲生平作品，有學人風範，甚安全，與他暢談。

九月十八日（星期一）

——星期六、日無事，天下太平。星期一晚電話又開始湧來，我均回覆謂林先生處理火葬後，會有說明。後與Stone（式同英文名字）通電話，倆人均同意媒體會向玫瑰崗辦事處查詢火葬，我等無能為力阻止，但亦相信玫瑰崗對個人隱私保護的安排，也開始擔心海葬如何能隱密進行。覺得好像和媒體在角力，好累，沒有必要。本來就沒有什麼好隱瞞，只因彼此立場不同，一方是尊重逝者意願，另一方必須有所報導。

——白先勇來電，順便問他有關基金會及處理遺物之事，他提議找皇冠平先生。稍後，去電卜大中，向他請教如何分別向媒體發佈消息之事，他答應幫忙。

九月十九日（星期二）

——一大早被「華視」王美吵醒，查詢之餘，要作訪問。我婉拒，一切皆應工作完成後再算。《世界日報》劉永毅亦謂要採訪林式同，我答應代為轉達。晚上和林通電話，告知從劉永毅談話中，覺得他們已有辦法（gained access）進入殯儀館。林直說不可能，我遂和他打賭。

九月二十日（星期三）

——林早上打電話來說我贏了。他已看到今日《世界日報》劉永毅報導火葬現場及照片，並且覺得報導中有些句子令林「不太好受」，好像張之火化下場如此「淒涼」，都是我們做成的。我回答林說求仁得仁，我們將盡所能，讓愛玲女士瀟灑的來，瀟灑的去。

並和林討論撒放靈灰之事，倆人十分傷感。其實媒體已知海葬之事，只是不知時間地點而已。

請母親開始在後園採集玫瑰花瓣，只需紅、白二色，以備海葬之用。

九月二十一日（星期四）

——無媒體來電，十分輕鬆。開始構思一篇祭文〈如水一般華麗自然〉。李黎傳真附報導，十分贊成我等作為，甚為鼓舞。

九月二十二日（星期五）

——祭文用一上午完成，傳真給式同過目，他同意。並談及海葬當日鮮花、拍照、錄影之事，林建議我找兩名朋友，負責拍照錄影，我提出高全之（負責錄影）與許媛翔

（負責拍照）。林屆時亦會帶他的好友張紹遷先生（亦負責錄影）來。

九月二十三至二十九日（共七日）

——因無暇回傳真，和李黎通電，她仍肯定我等取消追悼會的做法，並云王渝在紐約諸人亦覺得做得對，惟我覺得從此江湖結怨，開罪仇家。一直想向林正式提出，海葬之後立即解散工作小組。星期日身體稍感不適，想是辛勞過度。晚上新大陸詩社友人來我處，處理中秋詩夜之事，凌晨一時許始散，更感不適。

——到花店分訂紅、白玫瑰花各一束。學校開會，協調東亞圖書館及文學院，探討成立「張愛玲特藏」之可能，但端視乎宋淇先生夫婦之決定。學校 Development Office 之 Susan Chao 女士趁將赴港之便，拜訪宋家。身體極不適，已轉入支氣管細菌感染，必須赴醫生處取抗生素服食。只有兩天休息，仍需與林商量當日出海細節及祭拜過程。二十九日晚母親交我兩大袋紅白玫瑰花瓣，功德無量。

——林已安排好明日一切，由 Neptune Society 負責駛出外海安葬。為保密，一切時間地點只有林一人知道。林前一天會告知我和張信生聚合地點，再由他帶大家去碼頭上船。我遂分別通知高全之、許媛翔兩人。

九月三十日（星期六）

——晨七時半我的學生許媛翔開車來接我，九時到達聖必渚，與林式同、張紹遷差不多同時到達。林抱著張愛玲女士的骨灰盒，神色恭敬嚴謹，慢慢走過來和我們聚合。海葬詳細情形可參閱向媒體公佈的「報告書」及林式同撰寫的〈有緣得識張愛玲〉一文。

三、後語

林式同在上文中有一段沉痛的話，是這樣寫的：

在執行遺書的任務時，對喪事的處理方式，大家意見特別多。怎麼回事？張愛玲的遺書上不是很清楚的列出她的交代嗎？她生前不是一直在避免那些鬧哄哄的場面嗎？她找我辦事，我不能用我自己的意見來改變她的願望，更何況她所交代的那幾點，充分顯示了她對人生看法的一貫性。她畢生所作所為所想的精華，就是遺書裡列出來的這些，我得按照她的意思執行，不然我會對她不住！

她要馬上火葬，不要人看到遺體。自她去世至火化，除了房東、警察、我和殯儀館的執行人員外，沒有任何人看過她的遺容，也沒有照過相，這點要求我認為已達到了。

從去世至火葬，除按規定手續需要時間外，沒有任何耽誤。

她不要葬禮。我們就依她的意思，不管是在火化時或海葬時，都沒有舉行公開的儀式。

她又要把她的骨灰，撒向空曠無人之處。這遺願我們也都為她做到了。

上面是林式同對張愛玲遺書的文本演繹。但是，卻有人作不同解讀。我想原因出自兩種。第一種是純學術訴求，認為張愛玲選擇陸地的潛意識多於大海。其實解讀遺書文本，if on land（如在陸地）這句條件句法 (conditional clause) 的虛擬語氣十分重要，它強調的其實是「撒向任何廣漠無人之處」——假如在陸地的話。所謂 desolate spot，並不一定就是荒野之地，應是指無人之所。當然耽迷於張愛玲華麗與蒼涼的人，會特別喜歡蒼涼荒野的聯想。事實上，陸地撒灰安葬是不可能之事。高全之曾經上網查詢加州法例，在州政府的「健康及安全條例」(Health and Safety Code) 內的 7054 條說得最清楚，墳場 (cemetery) 除外，骨灰只能放在家裡一個堅固容器內 (7054.6 “in a durable container”) 或撒於海中 (7117“cremated remains shall be removed from their container before the remains are buried at sea”)，除此以外，所有其他處理骨灰方法都觸犯法例 (misdemeanor)。

第二種解讀卻是來自那些認為應該替張愛玲舉行葬禮的人，更由於治喪小組對媒體的抗拒，造成媒體對這另類解讀某種程度的渲染。張愛玲女士過世後不久，我讀到的悼念文章不下數十篇。其中最得箇中三昧，領會張氏精神的，有黃寶蓮一篇〈把最後的寂寞還給天地〉短文（《中國時報・人間副刊》十一月二日，一九九五年），其中有下面幾段：

其實，她離開我們的世界非常遙遠，只是，如此隱祕也還不可避免的公眾，被眾人談論，同樣被眾多人喜愛。……

不捨是活著的關愛她的人。

然而，這人世，她也許早已無心眷戀。

……然而，她避世而不棄世，執著而不自恃，為自己的選擇負責，對生活負責，所以她還認真做她應該做的事，拒絕她不願意不喜歡的事。

她沒有拒絕人生。她只是拒絕苟同這個和她心性不合的時代罷了。……

蒼涼是她生命的基調。她一定沒有淚，她不會有淚，淚是後人為她流的。

上面這番話，其實，和當初治喪小組的了解是精神一致的。然而，世人多不了解，並且多強作解人。

魚淚與喻感

一

有人讀到我一首舊詩前面一段：

我願不眠不休，以魚的凝望
與你晝夜相守
可是你永遠看不見
我在水裡為你傾流的淚

並告知當時感覺——「停在這裡好久、好久」。

我一直想解釋這段有似俳句的魚淚。當初寫這首詩，心中意象來自從前看過的一齣電影，女主角淚流滿面的在雨天裡開車，她下意識拼命開動車窗外的水撥，由慢轉快，但總是無法幫助她那已模糊的視線。

那時感覺，真是感同身受，停在那裡好久，也走不出來。想寫一首眼淚的詩，跟著無端想到魚在睡覺時，不知睜眼或閉眼？繼續想到魚究竟有無眼淚，如果在水中哭泣，怎能分辨是水或是魚淚？

於是便寫出上面一段。在另一首〈請以宮燈為我引路〉的詩內，也有「如此溫馨時刻／會令人在雨中感動落淚／像魚哭在水裡」之句。那是親身體驗了，有次從一個非常溫馨的校園演講走出來，在風雨裡，同學們冒雨送了我一束花道別。當時有淚在眼中，但在雨裡反而天衣無縫，不落痕跡。

後來讀到芭蕉相同的俳句，後人也有模倣魚淚句子，心反不喜。反而更欣賞自己下面一段不會流淚的魚：

我漸悟如流浪的行腳僧人

掛單在寺院深山
聽著早晨的鐘薄暮的鼓
並且緩慢地，一聲聲
敲響一尾永不流淚的魚。

二

其實文學與心理學有「通感」(synaesthesia)之說。即是人的感官，包括眼耳鼻舌身，亦即聲色香味觸，本來河水不犯井水，毫不相關。因為聲音（聽覺）與顏色（視覺）或味道（味覺），本來就是兩碼子事。但一旦與外物接觸，在文學語言表達裡，卻經常出現互通綜合的美感經驗。例如把視覺與聽覺交混的「紅杏枝頭春意鬧」或「觀世音」（錢鍾書先生舉例）。

魚淚不算通感，因為它止於視覺上的混淆，有似佛經所謂「岸動舟移」的錯覺。但往往為了強調效果，把兩種毫不相干的事物「似是而非」連在一起，卻能產生出有如隱喻一般的「喻感」(metaphoric or metonymic aesthesia，我的自創語）。譬如白居易一首勸酒歌〈四不如酒〉：

莫買寶剪刀，虛費千金直。我有心中愁，知君剪不得。莫磨解結錐，徒勞人氣力。我有腸中結，知君解不得。莫染紅絲線，徒誇好顏色。我有雙淚珠，知君穿不得。莫近紅爐火，炎氣徒相逼。我有兩鬢霜，知君銷不得。刀不能剪心愁，錐不能解腸結。線不能穿淚珠，火不能銷鬢雪。且飲長命杯，萬念千愁一時歇。

表面看來，刀、錐、線、火都不能解決心中愁結困境。其實，飲酒又何能解盡千愁？詩人不過在說反語而已。不過既然是勸酒歌，當然其他四種事物，皆不如酒。但是把愁用剪刀去剪，卻暗示愁亂如絲；腸結用結錐去解，也是愁腸千結，無法開解。

同樣，紅線不能穿淚珠，爐火不能銷鬢霜。無形中便把愁結與淚霜「物質化」了，因而產生形狀與屬性(forms and attributes)——如絲之愁，如結之腸，如珠之淚，如霜之鬢。把不同事物「似非而是」或「似是而非」的連在一起，就是喻感。

本文既以淚始，當以淚終。白居易尚有〈繡婦嘆〉一首：

……連枝花樣繡羅襦，本擬新年餉小姑；自覺逢春饒悵望，誰能每日趁功夫；針頭不解愁眉結，線縷難穿淚臉珠；雖憑繡床都不繡，同床繡伴得知無。

「針頭不解愁眉結，線縷難穿淚臉珠」，用針頭去試挑眉間愁結，可見愁情纖細。淚滴如珠，有如鮫人之淚，顆顆晶瑩圓潤。然而人間情薄，珠淚易碎，的確無法串連。

戲謔的詩人

一

那年南加州受海洋氣候影響，六月陰霾(June Gloom)多日不散，夏深草長。終於自多年行政職務引退，不為五斗米折腰。歸去來兮，田園將蕪胡不歸?庭園花事剛罷，濃蔭靜院，重新捧讀瘂弦詩集《深淵》，依然韻味無窮，儘管集中名句輩出，已成經典（譬如「貓臉的歲月」），早已滾瓜爛熟。

跟著翻到〈如歌的行板〉開始數行：

溫柔之必要

肯定之必要
一點點酒和木樨花之必要
正正經經看一名女子走過之必要
君非海明威此一起碼認識之必要。

詩名〈如歌的行板〉（指樂曲輕快節奏的 andante cantabile），就是建築在一些以不同姿態、反覆出現的「之必要」句子。其中除了「穿法蘭絨長褲之必要」，「馬票之必要」等等，還有一句「姑母遺產繼承之必要」，令知內情者閱之，不禁發出會心微笑。

瘂弦是一個善於揶揄的黠慧型詩人，由於語言精鍊活潑，更顯幽默。《深淵》於一九六八年有臺北眾人出版社的版本，該出版社發行人為尉素秋，亦即尉天驄的姑母。眾人出版社出有「眾人文庫」叢書幾種，《深淵》即為其一，皆為瘂弦老友尉天驄主編。其實，詩集內數首名詩，如〈C教授〉、〈水夫〉、〈上校〉、〈修女〉、〈坤伶〉、〈故某省長〉均曾在尉天驄主編的《筆匯》月刊發表。五〇年代臺灣是繁榮前奏的艱苦歲月，到了六〇年代，出版詩集是一種奢侈，也是負擔。瘂弦除了調侃一下朋友，還輕輕帶出自己苦哈哈的心情，令人拍案叫絕，儘管尉天驄的姑媽一直高享天年到二〇〇三年才逝世。

至於溫柔與肯定之必要，更使人悠然想起詩人氣質。瘂弦為人溫文儒雅，待人接物，敦厚溫柔。更兼一口標準國語，言行舉止，肯定多於否定。

然而弔詭的是，閱讀瘂弦詩作，經常發現許多肯定與謙讓多禮的背後，仍有一份私有矜持，如臨一道深淵，高深莫測。

酒、木樨花、觀看女郎……等等，均是單身漢生活情趣。有節制的一點點酒，而非狂飲；正正經經看一名女子，而非輕狂。那是生命的一種微醺，令人閱之不禁陶然。

「君非海明威此一起碼認識之必要」內的「起碼認識」四字如畫龍點睛。沒此四字，誰都知道君非海明威，沒有多大意義。然而需要起碼認識，卻顯露出對方不自量力、自高自大。詩人一方面是斥責對方，另一方面更像自責或自嘲。好像對別人也對自己說：你算老幾？每天自以為寫偉大的詩、偉大的文學作品，別以為你是海明威，你哪有他那麼風光，多采多姿耶？

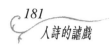

二

那種既是自我肯定，也是自我否定的忐忑不安，有如心理分析的自我與另我(ego and alter-ego)。由於兩種矛盾反覆辨證（有點像莎士比亞劇中的哈姆雷特，或是艾略特詩中的普芙洛克 Prufrock)，使詩的聲音充滿猶豫無奈，成為詩藝一大特色。瘂弦詩風雍容自若，那種自我調侃風格，至今無出其右。認識君非海明威之後，在另一首〈下午〉，他繼續說：

我等或將不致太輝煌亦未可知
……
……
這麼著就下午了
輝煌不起來的我等笑著發愁

紅夾克的男孩有一張很帥的臉
在球場上一個人投著籃子
鴿子在市政廳後邊築巢
河水流它自己的
這麼著就下午了
說得定什麼也沒有發生

最後兩句自然流露，把苦悶、無聊、怠倦 (ennui) 心情表露無遺。其實，余生也晚，未能躬身參與早年臺灣現代詩人的長征。許多奮鬥與挫折，歡樂及不安，爭論與堅持，退卻與不妥協，充滿甜蜜血汗 (sweet toils)，日後不但昂然進入詩史，而詩人種種韻事，也將會被寫成傳記，以凸顯獨特的時代話語 (discourse)。當年的葉珊，為《深淵》寫後記，曾有這麼一段記述：

我們費了一整個暑假的時間在北投華北館飲酒論詩，在風雨的磚樓談文評畫。所謂「學術」和「生活」被我們揉在一起。瘂弦、張永祥、蔡伯武和我在一起創造了我們自稱「性情中人」，提倡「氣氛」——口頭語是：「除了氣氛，什麼都不是！」但那時期我們的作品還是有限的；我們都處在一種過渡的虛空狀態下，有一種懊惱，憤懣，和矛盾。

其實上面提到的四人我都熟悉，就連較少來往的蔡伯武，後來也在南園見了兩次。但我一直好像在扮演「追趕」(catching up) 角色，每次和楚戈、永祥、楊牧欣然歡聚，心中都懷抱一種缺憾，老追不上他們的往事。好像存在主義的夸父追日，太陽永遠在他前面。一眨眼，大家都老了。然而葉珊說的當時那種感覺，正是瘂弦在〈深淵〉長詩內提到的：

而你不是什麼；

……

……

在這沒有肩膀的城市，你底書第三天便會被搗爛再去作紙。

你以夜色洗臉，你同影子決鬥，

你吃遺產、吃粧奩、吃死者們小小的吶喊，

你從屋子裡走出來，又走進去，搓著手……
你不是什麼。

從「說得定什麼也沒有發生」到「你不是什麼」，這些都是葉珊一度強調的「過渡虛空」，一直在等待一些事發生，或是自己變成什麼人。但現實往往是，什麼也沒發生，你也不是什麼人。

至於書第三天被搗爛作紙，更是有如希臘悲劇的神諭預言了。時至今日，臺灣出版事業貨如輪轉，書商為了節省貨倉經費及空間，許多賣不掉的回頭書，它們的公開命運就是被輾成碎紙，當作垃圾丟掉。

話又說回來，大家一路走來，彼此均有一段互不重疊的過往。六〇年代我在臺北快要大學畢業時，瘂弦已準備赴美，我們匆匆通了兩封信，便各散東西。待七〇年代他來洛杉磯找我時，我已開始了在南加大的第一份教職。

一口氣教了三十年書，一天重讀《深淵》，許多從前熟悉，後來又已沉睡了一段日子的一些句子，又湧上心頭，竟是另一番滋味，尤其讀到「向壞人致敬」幾句：

哈里路亞！我仍活著。

工作，散步，向壞人致敬，微笑和不朽。

為生存而生存，為看雲而看雲，

厚著臉皮佔地球的一部份。……

這不是我們許多生活的寫照嗎？只是那天我悄然闔上了書，心中充滿著無比的高貴與尊嚴，並且對自己說，不必再向壞人致敬了。雖然，在西方，我等或將不致太輝煌亦未可知，然而君非海明威，亦非瘂弦，這是一種起碼的認識，西方人應該知道。

給您一把讀詩的鑰匙

溫柔之必要
肯定之必要
一點點酒和木樨花之必要
正正經經看一名女子走過之必要
君非海明威此一起碼認識之必要……

——瘂弦〈如歌的行板〉

一、懸疑的必要

像散文和小說等其他文類的敘述，詩歌的寫作亦不例外，它的表達過程，往往建構在一種懸疑前奏，讓讀者循著詩人提供的線索緩慢推理。容或推理過程艱辛困難，尤其碰到高度象徵表達，更常使人產生無法卒讀的挫折感。

且讓我們探討一下為什麼要懸疑。

第一，藝術本身是一種創造，它牽涉著創造者與被創造的成品。也就是說，在從無到有的過程裡，創造者除了要有一個終極意念（內容或思想）外，還要設計出表達這意念的方法（形式或語言）。這個「設計」極為重要，尤其在文學，它的過程就是所謂「敘述」(narrative)，直接牽涉成品的完成。以詩而言，如何說出來？以歌而言，如何唱出來？以畫而言，如何畫出來？

因此，我們甚至可以這樣說，意念是次要，表達才是首要。同樣，向日葵並不重要，如何把向日葵畫出才是首要。悲愴人人皆有，如何把悲愴演奏才是首要。同樣，春天每年皆有，如何把「城春草木深」那種心情表達出來，才是首要。

第二，懸疑是一種提高閱讀興趣的間接手段與考驗。換句俗語說，它是在「吊人胃口」。好的食物，經常是細嚼輕嚥後，才能嚐到精緻的味道。好的奏鳴曲，還需在曲調之餘，仔細聆聽出各種不同樂器的投入與共鳴。

因此懸疑往往是一種「暫頓」(pause)或「延後」(delay)的手段，讓人產生更大的閱讀探索與聯想空間。這種閱讀要求，在詩歌極為顯著，尤其一個詩人，我是指一個有嚴肅態度創作而好的詩人，千錘百鍊經營後的作品，豐富的表達內涵有如深山礦藏，如果不用心挖掘，又怎能披沙鑠金？

閱讀文學作品其實是一種演繹，尤其詩歌。它不像新聞報導，務求精簡易懂。相反，在不斷「暫頓」或「延後」的過程裡，它不斷要求讀者做出各種主觀演繹與客觀分析。它一方面挑戰上述了解的努力，另一方面也是考驗閱讀者鍥而不捨的「緩慢」閱讀毅力。

在一個追求時速、分秒必爭的時代，「緩慢」已成為一種落後、過時。緩慢閱讀產生不耐，因為我們沒有時間仔細推敲，或者是不耐煩。在快捷而速簡的生活裡，經常我們已無耐心去煮一壺咖啡或燉一鍋肉，或是在午後以一壺後院清茶，靜聽鳥語花香，抵擋時光的消逝。

因此經常為了快速臻達目的，我們損失了「過程」。其實人生許多意義，都在乎於追求經過，而不在於完成。外國有「啟蒙小說」(bildungsroman)，例如《年青藝術家的畫像》，《湯姆歷險記》，都是強調生命成長，自過程中獲得智慧。

緩慢產生空間，空間提供更大自由，而不為身邊景物牽縛。道家所謂「不繫之舟」其實也是指心境釋放，有如一葉輕舟，隨波逐流，找回自己的時間，不為萬物所牽繫，亦不為外物所制定的時空所縛束。這種心境，我曾經這樣給自己說過——「靜聽青草在泥土緩慢茁長的聲音」。

再說回考驗，詩歌懸疑，其實就是和讀者簽訂的第一道契約。如果想從事一讀即懂的閱讀，那最好不要選詩。

其實人生何嘗不是一種懸疑，從黑澤明的「羅生門」到張藝謀的「英雄」，真相與假象，抽絲剝繭，正是我們一路走來不斷的思考與挑戰，而往往真相仍然依稀。

二、隱藏的必要

不同於散文或小說，詩是一種高度隱藏的藝術。

我曾用一扇門來做比喻。小說是一道敞開的門，讓人升堂入室，人物如走馬燈出現，情節波濤起伏，令人眼花撩亂，目不暇給，儘管人物虛假，待人處事，卻處處實情實理，讓人明知是假，卻願意信以為真，就像看恐怖電影一樣。

散文是另一道半掩的門，富自剖性與告白性，文中的我若隱若現，真多於假，但敘說者情真意摯，娓娓道來，往往讓聽者為之動容，聽其擺佈。

但是，詩的大門緊閉，要進入便需要一把打開詩門的鑰匙。基本上，詩人的挑戰，便是如何去把要說出來的話，包裝隱藏起來。隱藏密度越大，體積越小，濃縮度也越高。說話越精簡，含義越豐富。

詩人一方面相信語言為利器，另一方面也承認語言的局限。把話說盡了，有如摻水的酒，平淡無味，倒不如把話說一半，留一半，言有盡而意無窮。於是沉默有時也是一種表達，甚至比說出來的言語好（“Heard melodies are sweet, but those unheard are sweeter”, John Keats “Ode on a Grecian Urn”）。中國人自古以來，不是也強調「心有靈犀」嗎？（那真是 “spiritual ditties of no tone” 了。）

也許說得太玄了。且讓我再解釋，試問一下，我們平日有時要表達的說話，是否就是心中全部要說的話？答案肯定為否。如果有人說是，那不過是自欺欺人，自以為是罷了。語言本身只是語意工具，莊子有謂「得意忘筌」，「得意忘言」，佛家也有「過河燒筏」，就是這個道理。

你心中有一隻馬，一棵樹，把它說出來，和另一個人心中想的馬、樹可能是不一樣的。那樣在作者與讀者之間，你又怎能說已表達出全部意義的話呢？因為語言歧義，而詩用的是最精練的語言，所以詩人需要把它們像木材般堆砌，剪裁，分類，歸納，組合，築成一道大門，把要表達的意思關在裡面。

建築大門經常用的工具，就是隱喻。隱喻非常強勁，所謂 dynamics of the metaphor，就是指把隱喻擴散到無窮意象或象徵裡，彼此重疊交錯，形成詩的拼圖 (mosaic)。其實，中國詩所謂言外之意，並不是意思獨立於語言之外。如果真的這樣，兩不相干，那詩就真的晦澀難懂，無從入手了。因此所謂的意，應該是言（批評家稱為文本 text）所引申出來的意義 (implied meaning)。如果詩人無法做好這引申橋樑，那就是詩人的挫敗，並非讀者低能，因為前者造了一道沒有匙孔的大門，把自己關在象牙塔裡面。

因此，往往一首詩就是一個隱喻經營，就以憂國詩為例，並不一定非要歌頌祖國就能達到愛國或憂國目的。既然有隱藏必要，詩人把門關上，就是儘量用「暗示」(suggestiveness)，而不要把話明說出來。我們前面已說過，要用語言全部表達心中的意是不可能的，越是暗示，引申 (implied) 的動力越大，顯示的意義越深越遠，說服力也越強。

杜甫〈春望〉一詩，短短數句，前後呼應。前四句道出已成事實的缺憾，時節遞變，觸景生情。至於花如何濺淚，飛鳥如何驚心，不過是移情作用而已。後四句道盡亂世種種人間無奈，生離死別，皆是偉大時代渺小人民的命運。

〈春望〉一詩就是一個巨大的憂國隱喻，就像明朝含冤而死的忠臣于謙那首著名的〈石灰〉詩最後四句：

千捶萬鑿出深山，烈火焚燒若等閒；碎骨粉身渾不顧，長留清白在人間。

全詩利用石灰本質 (attributes) 來作引申，但明眼人一看便知另有所指。於是明明兩種河水不犯井水的東西——石灰與忠臣，忽然卻水乳交融，合而為一。於是石灰成為一個巨大隱喻「碎骨粉身渾不顧，長留清白在人間」，就像于謙另一首〈詠煤炭〉詩，利用煤炭隱喻「但願蒼生俱飽暖，不辭辛苦出山林」以作引申手段，與石灰同出一轍。

三、聯想的必要

亂想是胡思亂想，毫無根據。聯想（association, analogy）不是亂想，它是有根據的。既然詩人用暗示把門關上，就像杜甫的〈春望〉或于謙的〈石灰〉，我們便需用聯想把門打開。下面再舉兩首大家熟悉的詩：

床前明月光，疑是地上霜；舉頭望明月，低頭思故鄉。——李白〈靜夜思〉

向晚意不適，驅車登古原；夕陽無限好，只是近黃昏。——李商隱〈樂遊原〉

先說第一首。詩人第一句開宗明義，就算明知在床前是明月的光，為什麼還要偏偏懷疑它是地下的冷霜呢？我們都知道，月有陰晴圓缺，人有悲歡離合。但是月的盈虧，周而復始，十五月最圓。可是人的離合卻沒有定律，分開可能是一月，或一年，甚至是一世。因此每逢月圓，望月的人都知道，月亮已由虧轉盈，圓滿潔亮。但是人卻不一定，因為人間充滿了缺憾，失落不見得拾回，分離也不見得復合。

於是一個旅途中孤獨的人，半夜未寐，舉頭看到豐盈美滿的光亮明月，心中自然而然產生一種缺憾的寒意（月圓人未圓），下意識地把它疑作地上霜了。可是明月仍是明月，舉頭望去的現實，仍是團圓月亮，回顧自己，隻影孤零，月圓而人未圓，只好黯然低頭，思念故鄉了。

由此看到明月引申 (implied meaning) 更為錯綜複雜 (intricate)，它進一步從隱喻如石灰煤炭那樣，歌頌人的性格抱負，進展為一種具備多層演繹的「意象」(image)。月亮，從視覺而言是光亮的，感覺而言是冰冷的，既是天上明月，也是人間遙不可及的亟望，就像未能回去的遙遠故鄉。這些感官意象，都是由文字或文本組合而成。

回筆再說李商隱的「夕陽無限好」。以前讀這首詩，總是不明白「只是近黃昏」盪氣迴腸的悲壯。年歲增長，漸感日子越過越快，一年轉眼過去，和童年每天期望新年趕快來臨的感覺，剛好相反。常常晚上會感到：一天就這樣過去了，心中不爽。讀李義山的詩，方才恍然大悟為何有「向晚意不適」之句。當然，詩人不適的原因自有多種，不見得就是我感覺的那種。但不管怎樣，不快樂是一定的。也就是因為意不適，才會做成驅車登古原的動機，就像我們開車上公路散散心一樣。

看到夕陽絢麗景色，自然心曠神怡。如果有看落日的經驗一定知道，紅日西沉非常快速，就像人生（也就希望珍惜聚會緣分，以及一刻共同分享）。因此，詩中最後兩句，夕陽與黃昏意象對比十分強烈。看似無限好景，夕陽壯美有如力挽狂瀾，然而黃昏來臨卻是不移事實，無法更改，那是一種悲劇缺憾，決定了人或夕陽的命運。全詩沒有一字提到人生，卻盡得生命的風流悲愴。

四、結語：準備的必要

一定有人會問，古詩我懂，我需要的是一把打開新詩的鑰匙。因為當今許多現代詩，有如天馬行空，晦澀難懂。

其實古詩也有難懂的，譬如李賀，或李商隱的。白居易就比較好讀。

另外，我要反問一句，就像對古詩文言、韻律、或典故的反覆推敲，我們有為自己做好讀現代詩的準備嗎？和古典詩比較，我們究竟讀過多少首或多少本現代詩？

其實屬於當代傳統的現代詩並不比古代傳統的古詩難懂，只要我們肯用心研讀一下現代史，就像我們讀古代史一樣，許多所謂難懂的問題自會迎刃而解。記著，讀詩的懼怕，遠遠要比讀不懂詩的懼怕，更為可怕。

就以臺灣現代詩為例。我們除了要明白五四抒情傳統源流，西方影響（尤其意象及象徵主義），本土茁長，以及最重要的，新詩語言句法的發展、建構與完成。特別是由古代朗誦習慣轉入現代默讀裡，因為古人說話方法和今人不一樣，我們更應留心，並且習慣，在白話文間的意象組合與聯想，以及它們呈現時的律動與節奏。請看下面一首楊牧的〈孤獨〉：

孤獨是一匹衰老的獸
潛伏在我亂石磊磊的心裡
背上有一種善變的花紋
那是，我知道，他族類的保護色
他的眼神蕭索，經常凝視
遙遙的行雲，嚮往

天上的舒卷和飄流
低頭沉思，讓風雨隨意鞭打
他委棄的暴猛
他風化的愛

孤獨是一匹衰老的獸
潛伏在我亂石磊磊的心裡
雷鳴剎那，他緩緩挪動
費力地走進我斟酌的酒杯
且用他戀慕的眸子
憂戚地瞪著一黃昏的飲者
這時，我知道，他正懊悔著
不該冒然離開他熟悉的世界

進入這冷酒之中，我舉杯就唇
慈祥地把他送回心裡。

誰敢說現代詩沒有形式呢？上面這首詩一共兩段，每段十行，第一段和第二段開首兩句重複，形成一種呼應的統一節奏。開首兩句隱喻先聲奪人，人是獸，獸也是人，他倆的名字叫孤獨。至於他們彼此的互動，難分你我，身分互相遞變、對換、抗立、繫連，形成詩中舒展光譜。孤獨是善於掩飾而不為人知的（讓人知悉就不叫孤獨了）。它像一隻擁有保護色的變色龍，隨環境而變更，但它的神態更像敘述者自己——「他的眼神蕭索，經常凝視／遙遙的行雲」，那真是一個詩人憂鬱眼神的寫照啊。

那是一個孤獨飲者。但是我們分不出是孤獨的飲者，還是飲者在孤獨裡。因為儘管好像二者為不同主體，但彼此惺惺相惜，二合為一。詩結尾隱喻非常出色，在風雲變色的天氣裡，孤獨這怪獸出來訪尋黃昏飲者，飲者舉杯獨飲孤獨，把它飲回心裡。

這是表面演繹，如果了解詩的基本意念，打開了門，不再懼怕它的難懂，我們還可以進一步升堂入室，譬如，去了解孤獨的擬人化，為什麼它是一頭野獸？而且還是衰老的野獸？為什麼敘述者的心亂石磊磊？為什麼這頭野獸有著委棄暴猛或風化的愛的過往？為什麼它的眸子戀慕而憂戚？為什麼會懊悔？為什麼飲者舉杯，「慈祥地」把它送回心裡？為什麼詩中野獸一直是人類的「他」而不是野獸的「它」？

如果您能解答或嘗試解釋上面這些為什麼，您便掌握在手中一把讀詩的鑰匙了。

至少，我希望是。

《哈姆萊特》第三幕

——《靜靜的螢河》跋語

詩與散文，猶如維琴妮亞・吳爾芙說的雌雄同體，一個男人裡面都會有一些女人，反之亦是。也就是說，詩中定有文，文中亦有詩。假若詩不僅是感情滿溢迸露，更是心情寧靜追憶，那麼散文創作，應該就是寧靜而沉著的感悟傾訴。這種感悟，與其說來自沉思，倒不如說是生命經驗中許多高貴搏鬥、追憶懷想。

生命中有著太多變數，成為弔詭。許多無常，令人在歡聚中懼怕分離，幸福裡明白短暫。莎士比亞《哈姆萊特》第三幕充滿警句，最有名莫如那段「生存還是毀滅」獨白。但這幕戲重點，卻在於哈姆萊特與他叔父爾虞我詐的互相試探。王子精心泡製了一幕啞劇前奏及悲劇，以殺夫弒兄劇情刺激國王及王后反應。其中飾演王后的女伶指天誓日訴說她的忠貞後，飾演國王的男優，卻有下面一番感慨（朱生豪譯本）：

一時的熱情中發下誓願，
心冷了，那意志也隨雲散。
過分的喜樂，劇烈的哀傷，
反會毀害了感情的本常。
人世間的哀樂變幻無端，
痛哭轉瞬早變成了狂歡。
世界也會有毀滅的一天，
何怪愛情要隨境遇變遷；
有誰能解答這一個啞謎，
是境由愛造？是愛逐境移？

所謂弔詭，其實就是事情正反兩面辯證。世間許多人事，某時某刻是真心真理；但曾幾何時，另時另刻卻成反悔負義。正如伶王對伶后說，我相信妳情意的確發自心田，但究竟能夠維繫多久，難以逆料，因為食言與背信乃是人性本色。許多事情有始無終，虎頭蛇尾，就像果子成長在枝椏，好像永不分離，怎知一旦果熟蒂落，要留也留不住。

果子與樹，也不過是一種緣份。緣起如膠如漆，緣滅撒手不顧，隨著糖質分解，日漸變酸的關係，像熟爛果子，墜落地面，不再回頭。炎涼世態古今一轍，不止輕貧重富，許多人情世故，均是跟隨境遇變遷。

也就是對上面臺詞感悟，使我經常自濃郁詩意抽身而出，以冷冷一眼投向這世間虛幻，有時，甚至對「人」的世界感到厭倦，轉而凝望山脈湖泊、花草鳥獸。雖然自然世界生態系統中，仍舊保留著弱肉強食的「食物鏈」，但許多朝花夕拾的晨昏裡，仍可感觸到造物神奇與生命絢麗。從一樹橘子成熟到一夕曇花綻放凋謝，都不斷在啟示生命深沉忍耐或美麗完成。

果子緩慢成熟，自新綠轉金黃，由青澀入甜美，成為一種內在節奏，不緩不疾，無法催促，亦沒法拖延，像一篇散文的完成。花朵亦何嘗不如此，野外嬌弱的攀緣蘭，被稱為「窮人的蘭花」，迎風而立，堅忍卓絕，數月未凋。曇花挾千般風情，萬般嫵媚，然一生所需，只求一夜。

這就是感悟以後，不斷的再感悟。

哈姆萊特有意裝瘋，試圖先擺脫情人奧菲利亞，好讓她另有好歸宿。但是奸詐的叔父不相信，反讓奧菲利亞與王子私會，以便試探出瘋顛真相。他和大臣商量設局，派人差喚哈姆萊特前來與戀人相會，而他們卻躲在暗處，以窺探出王子瘋病，是否來自愛情的苦悶。在設局時，大臣做出下面的指示。他說：

奧菲利亞，妳在這兒走走。陛下，我們就去躲起來吧。(向奧菲利亞) 妳拿這本書去讀，他看見妳這樣用功，就不會疑心妳為什麼一個人在這兒了。人們往往用至誠的外表和虔敬的行動，掩飾一顆魔鬼般的內心，這樣的例子是太多了。

最後三句話令人讀來不寒而慄，但又不能不接受它的真實。就像那弒兄的國王在旁聽了，也不禁用旁白說：

啊，這句話是太真實了！它在我的良心上抽了多麼重的一鞭！塗脂抹粉的娼婦的

> 臉，還不及掩藏在虛偽的言辭後面的我的行為更醜惡。難堪的重負啊！

國王還懂得羞恥而良心自責！然而世間有誰肯承認錯誤之餘，仍思補贖？面對一個不義世界，以及英雄無力回天的遺憾，每個人自然而然都會說出像哈姆萊特傳誦千古的獨白：

> 生存還是毀滅，這是一個值得考慮的問題；默然忍受命運的暴虐毒箭，或是挺身反抗人世的無涯苦難，通過搏鬥把它們掃清，這兩種行為，那種更高貴？……

據說《哈姆萊特》一劇內這幾段獨白都特別難導、難演、難唸（見 Harold Bloom, *Shakespeare, The Invention of the Human*, p. 409），大概不是指文本難懂，而是指意境難以掌握和演譯吧。沒有一個劇作家能像莎翁那般深刻了解人生、描繪人生、詰問人生。他辯證式的弔詭，經常讓人徘徊於是否、對錯、做與不做的兩極，無法決定，無所適從。

我並沒有回答生存或毀滅的問題，而另做了一些決定，譬如，以整月時間每天清晨和一隻築巢的鶺鴒相對，並且仔細記錄觀察過程，就像那年在靜靜的螢河，偷窺閃爍螢火，好像這世界並沒有哈姆萊特那麼黑白分明，應該還有一些美麗事物，無論入詩或入散文，都在等待著我們發見與追尋。

謝謝好友黛嫚打點，也謝謝三民書局的編輯對這本散文集編輯上的照顧、幫忙，此書如此順利出版，他們應居首功。

三民叢刊

散文精選

255 扛一顆樹回家　洪淑苓 著

扛一棵樹回家，每一片樹葉，都是溫馨、真情流露的細細呵護。童年、親情、愛情與生活點滴，在樹下靈思妙舞，一幕幕饒富意涵的風景翩然迎來，動人心懷。

254 用心生活　簡 宛 著

用心生活是簡宛的生活寫照。本書收錄她近年來的作品，包括書情、友情、愛情、旅情與世界情。在紛擾多變的世界中，讀簡宛的書，也讀出了生活的甘美和真誠。

222 葉上花　董懿娜 著

她敏感得就像一片雪花，特別能感受到現實世界的些微疼痛，尤其是善於捕捉瞬息即逝的思想火花。散文，是她和客觀世界之間感情的紀錄，也是一幅幅人物心靈的素描。

194 **波西米亞樓**　嚴歌苓 著

通過在異國相遇的個個人物，以及「波西米亞」樓中的房客們，展開作者對美國社會、人情、倫理、文化及社會心理的理解——而這理解，往往是以不理解去穿透的……

167 **情思・情絲**　龔　華 著

在訴不盡的「思」與「絲」中，都有一幕你人生中的場景，都有你情緒的沉浮，都觸動著你繾綣、纏綿的情感人生。

109 **河　宴**　鍾怡雯 著

結集作者發表各地的散文，依語言風格與題材分為四輯，有靈動自然的詩化語言，有略帶小說架構的敘述手法，有感性工筆的回首眺望，有理性纖維的生命沉思。

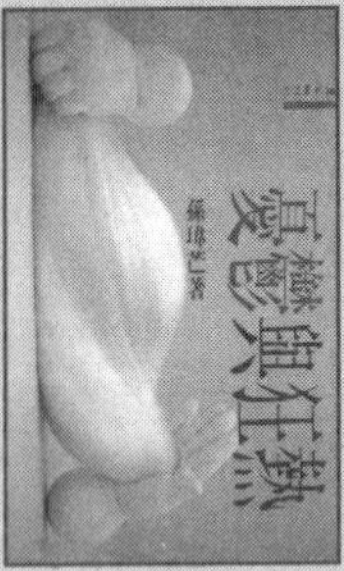

036 **憂鬱與狂熱**　孫瑋芒 著

從輕狂少年到懷憂中年，從鄉下眷村到都會臺北，從愛情到知識，都有一股狂熱在燃燒。狂熱消沉時，便化作憂鬱。詩意的筆調、舖陳豐饒的意象，表現了生命進程中的憂鬱與狂熱。

國家圖書館出版品預行編目資料

靜靜的螢河／張錯著.－－初版一刷.－－臺北市：
三民，2004
面；　公分－－(三民叢刊:272)

ISBN 957-14-3950-9　(平裝)

855　　92022406

網路書店位址　http://www.sanmin.com.tw

 靜靜的螢河

著作人　張　錯
發行人　劉振強
發行所　三民書局股份有限公司
地址／臺北市復興北路386號
電話／(02)25006600
郵撥／0009998-5
印刷所　三民書局股份有限公司
門市部　復北店／臺北市復興北路386號
重南店／臺北市重慶南路一段61號
初版一刷　2004年1月
編　號　S 811160
基本定價　貳元陸角
行政院新聞局登記證局版臺業字第〇二〇〇號

ISBN　957-14-3950-9　(平裝)

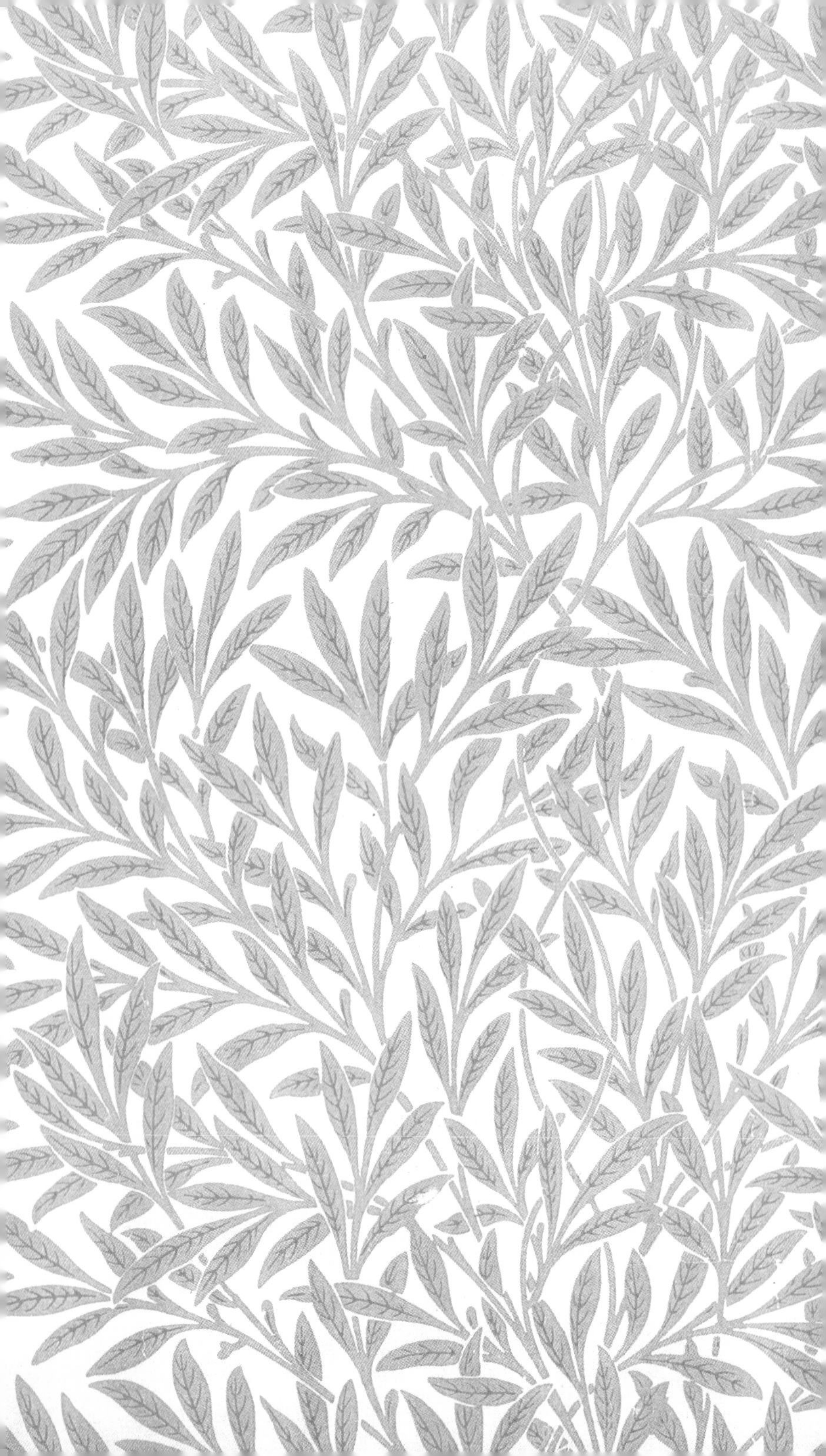

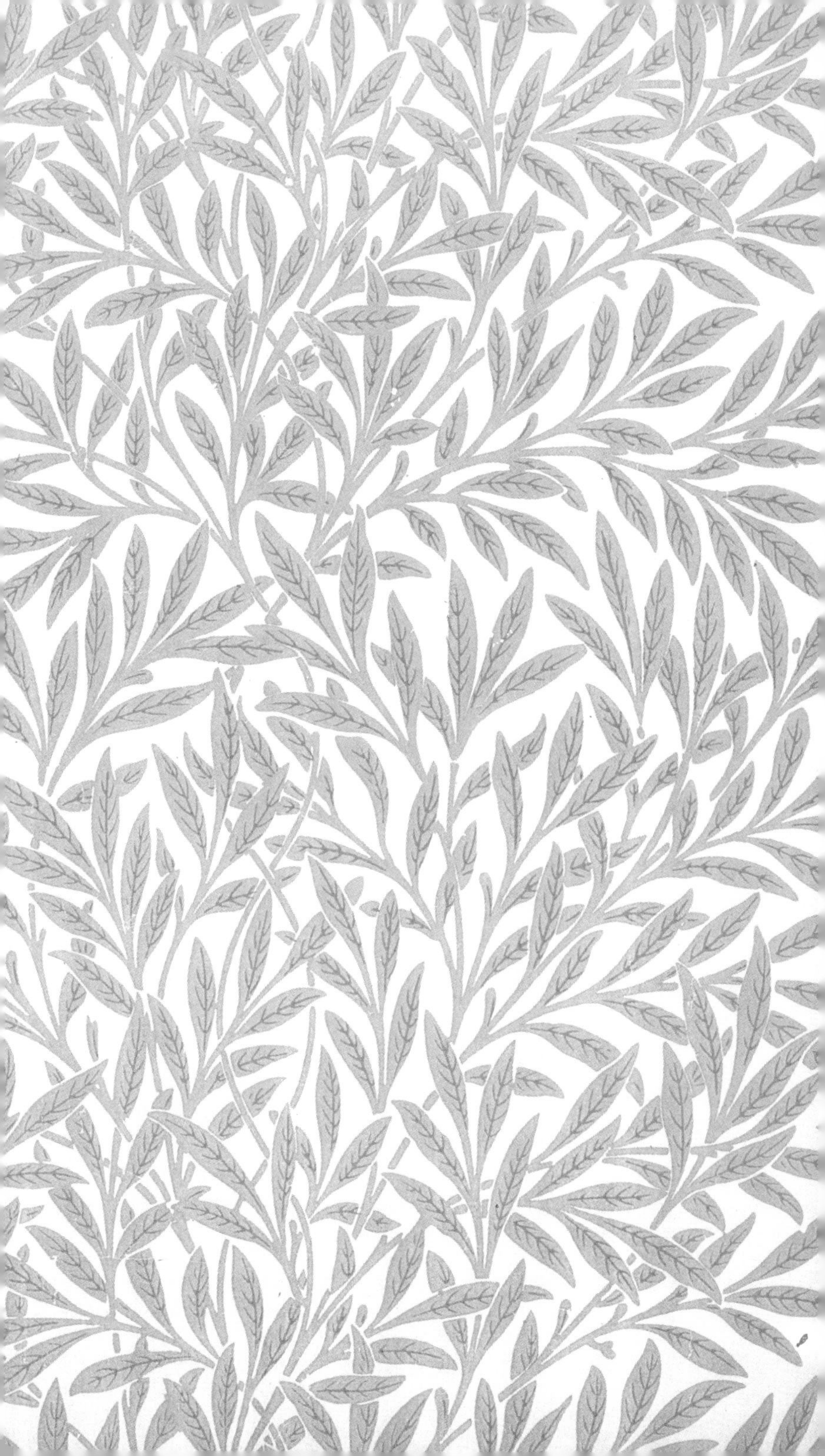